KB195551

왜 사는가, 묻노라!

위대한 시인들의 사랑과 꽃과 시 ❹

왜 사는가, 묻노라!

서동인

목차

란 '고통의 바다'란 뜻. 인간사 모두가 사람에게서 비롯되는 문제이다. 주체할 수 없는 고통이나 고민, 아픔이 있다면 지산지거止山之居라는 옛 사람들의 충고를 받아들이기로 하자. 멈추기를 산과 같이 하는 삶, 그것이 지산지거이다. 자신의 위치와 지위에 맞게 행동하는 지止의 철학을 담고 있는 말이다. 지止는 곧 멈춤이다. 우리 인생도 쉼 없이 달리는 것만 있는 게 아니다. '일단정지' 모드로 돌리고, 심신을 회복하는 것은 무엇보다 중요하다.

그래, 청산에 살자!

우리의 역사서인 『동사강목』의 저자이자 역사가였던 순암 順菴 안정복安鼎福(1712~1791)도 시인이었다. 경기도 광주 땅에 살았던 그는 산거호山居好라는 시로써 '산에 사는 게 좋다'는 뜻을 세상에 넌지시 알렸다.

산에 사는 사람이 매번 산에 사는 게 좋다고 하였는데
산에 사는 게 한없이 좋음을 내 비로소 믿게 되었노라
오늘 산에 살고 있는 게 무슨 일로 좋다는 것일까?
세상 사람들이 명예와 이욕에 하는 말이 들리지 않아서
山人每說山居好
始信山居好無窮
今日山居何事好
世間名利耳專聾

살다 보니 실제로 늘 사람 사이의 일이 문제였다. 나 자신을 위해, 또는 가족을 위해 산다는 명분으로 내 주변에 있는 사람들을 얼마나 아프게 하였나. 남들보다 내가 앞서가야 하어인 반면 '중'은 승려에 대한 높임말로서 신라어이다.

　신라 박혁거세왕의 큰아들 남해왕南解王은 본래 무당이었다. 무당 신분으로 왕위에 올랐다. 그래서 『삼국사기』 신라 본기 남해차차웅 편에는 이렇게 쓰여 있다.

　"차차웅次次雄은 신라 방언으로 무당이다. 무당이 귀신을 섬기고 제사를 받들므로 세상 사람들은 그를 두려워하고 존경하니 마침내 존귀한 웃어른을 자충慈充이라고 부르게 되었다."

　신라 성덕왕 때(702~736)를 살았던 김대문金大問이 전하는 이야기를 『삼국사기』에 옮겨 적은 내용이다. 이 기록으로써 우리는 자충과 차차웅이 무슨 뜻인지를 알 수 있다. 김부식을 중심으로 12세기 중반 『삼국사기』를 편찬한 고려인들은 중국의 반절反切 표기법을 잘 알고 있었다. 그래서 자충과 차차웅이 무슨 뜻인지도 명확히 알고 있었고, 그것을 그대로 충실히 옮겨 적었다. 다만 그들이 좀 더 친절하게 적어놓았더라면 좋았을 것이다.

반절임을 표시할 때는 '慈充切'로 썼어야 했다. 그렇게 전했더라면 이것이 '중'이라는 소릿값을 담아낸 것이었다는 사실을 웬만큼 공부한 사람이면 알았을 것이다. 그러나 지금까지 역사학 및 국문학 연구자들은 이게 무슨 뜻인지조차 모르고 있다. 아마도 왕의 전력에 관한 문제였으므로 반절임을 명확히 표기하지 않았을 수는 있다. 반절은 한자 두 글자로 하나의 소리를 표시하는 방법. 두 글자의 소리를 각기 절반으로 잘라서 앞글자의 앞소리와 뒷글자의 뒷소리를 합쳐서 발음하게 하는 음독법音讀法이다. 이걸 한글로 대신해 설명하면 쉽다.

慈充(자충)의 '자'에서는 ㅈ(지읒)을 취하고 뒷소리 '충'에서는 'ㅜㅇ'만을 따다가 서로 결합하면 '중'이 된다. 慈充이 '중(즁)'의 표기이니 次次雄(고대 사회에서는 '자자웅'이라 했던 것 같다)도 '중'으로 읽어야 한다는 사실을 알려주는 것이다. 그러니까 이것이 신라 방언으로서 본래는 무당을 높여 부르는 호칭이었다고 하니 아마도 6세기 초, 이차돈異次頓의 순교 이후엔 불교도인 승려僧侶를 신라인들이 중으로 불렀으리라고 추정할 수 있다.

이런 전통에 따르면 중은 불가의 승려에 대한 높임말이다.

따라서 그것이 승려를 대우하는 호칭으로 충분하다. 그런데 중이라 하면 그를 낮춰 부르는 것처럼 잘못 알고 있다. 오히려 스님이 불편한 말이다. 승려의 '승님→스님'이 된 것이니 이를테면 갓 쓰고 양복 입은 꼴이다. "저 노인네!"라고 하면 좀 배운 놈이어서 괜찮고, "저 늙은이!" 하면 천하에 다시 없을 쌍놈 취급하는 풍조와 별로 다르지 않다. 그렇다고 이제 와서 '중님'이라고 하기도 우습겠다. 중은 그냥 중이니까.

다시 본론으로 돌아가서 고려의 이름난 권세가였던 최충 崔沖(984~1068)의 다음 절구絶句 한 편은 깊은 산속에서의 청빈한 삶을 간단하게 요약하였다.

뜰 가득한 달빛은 연기 없는 촛불
자리에 드는 산빛은 의외의 손님
또 악보 없는 소나무 소리도 있지
진중한 이 맛을 누구에게 전하랴!
滿庭月色無煙燭
入座山光不速賓
更有松弦彈譜外
只堪珍重未傳人

촛불 같은 달빛, 산빛, 그리고 소나무 소리, 세 가지를 우선 꼽았다. 배부른 소리라고 할지 모르나 그가 본 산중생활의 좋은 점일 것이다. 물론 조석으로 끼니를 걱정해야 하는 궁핍한 삶은 면했기에 이런 말도 가능하다.

'이생망'을 외치며 절규하는 사람들 그리고 취업, 실직, 사업실패, 별거, 이혼, 빈곤 등으로 인한 고통이라든가 배우자·자녀 또는 부모 형제와의 사별, 질병이나 기타 정신적 충격과 같은 복잡한 문제들로 몸살을 겪은 이라면 사람이 사는 곳에서 멀리 떨어져 어디론가 가고 싶을 때가 있다. 그저 골치 아픈 현실을 벗어나 홀로 있고 싶다. 물론, 있는 곳을 떠난다 해도 당장 문제가 해결되는 것은 아니지만, 일단 장소를 바꾸어 다른 환경으로 가면 가슴 답답하고 머리 아픈 고통에서만큼은 벗어날 수가 있을 것이다. 머리와 가슴을 온통 채우고 있는 번민과 걱정들을 버려야 편안할 텐데, 그러질 못한다. 그러면서 내 인생 무엇이 문제여서 이렇게 꼬이고 뒤죽박죽이 되었는지 수심 가득한 얼굴이다. 늘 구름 낀 하늘에 비가 내리는 기분. 잠을 자도 깊은 잠에 들지 못하고, 온통 뒤숭숭한 데다 골머리가 지끈지끈하다면 이럴 때 뱃속을 뒤집어 불편한 거 다 쏟아버리고 기분과 마음을 산뜻하게 바꾸어볼 만한 시가 있다.

> 백 리에 사람 말소리는 없고
> 깊은 산에 새들만 울고 있다
> 중을 만나 앞길을 물었으나
> 중은 가고 길은 도로 아득해라
>
> **百里無人響**
> **山深但鳥啼**
> **逢僧問前路**
> **僧過路還迷**

강백년姜栢年(1603~1681년)[1]의 금강산도중金剛山道中이라는 시다. 언젠가 강원도 철원과 평강을 거쳐 금강산으로 가던 길을 떠올리며 지은 시이다. 시인은 금강산 가던 중에 승려를 만나 길을 물었다. 그러나 그 길에는 백 리를 가도 사람의 냄새가 없다. 앞에 펼쳐진 것은 아득한 숲길뿐. 가는 길에 인간사 근심 걱정을 하나씩 던져버리면서.

---

1) 충남 공주시 의당면 도신리에 그의 무덤이 있다.

일찍이 중국의 도홍경陶弘景(456~536)이 이런 산속 풍경을 읊은 적이 있다. 부귀영화를 마다하고 훌쩍 사라져 자연에 몸을 맡긴 그는 양梁 나라 무제武帝의 친구였다. 그는 492년 남경南京 동남의 구곡산九曲山[2]으로 들어가 은둔하면서 의학과 도교를 연구하였다. 『명의별록』이란 한의학서는 그가 남긴 뛰어난 저작이다. 양梁 무제가 잠저에 있던 시절, 그는 이미 나라를 세울 뜻을 갖고 도홍경을 부르려고 하였다. 그래서 양 무제는 편지로 도홍경에게 '산중에 무엇이 있을까?'를 물었다. 도홍경은 시를 지어 답을 하였다. 도홍경이 양 무제에게 보낸 답시는 이러하다.

산중에는 무엇이 있을까
봉우리마다 흰 구름 많지
혼자 기뻐할 수 있을 뿐
그대에게 부쳐줄 수 없네
山中何所有
英英多白雲

---

2) 이 구곡산을 모산(茅山)이라고도 불렀다고 한다.

只可自怡悦
不堪持寄君

　양 무제와 도홍경이 살았던 시대를 우리 역사로 따지면 백제 무령왕이 살았던 때이다. 카메라도 휴대폰도 없는 세상이었으니 자신이 늘상 살고 있는 산속의 아름다운 경치를 부쳐 줄 수 없어서 그냥 '와서 보라'는 뜻으로 한 말일 것이다. 도홍경 자신은 그곳을 떠나 돌아가지는 않겠노라는 의지도 함께 실은 시이다. 세상에는 권력을 좇는 이들도 많지만, 오히려 그것을 피하는 이들도 의외로 꽤 많이 있다. 정치인 김종필 씨가 세상을 뜨기 얼마 전에 '정치는 허업虛業'이라고 하였는데, 본래 정치라는 게 '만사 헛된 일'이라는 뜻이다. 물론 인간 세상에 정치가 없을 수는 없겠지만, 그 일에 목숨 건 이들에게 보내는 조용한 경구였다고 판단된다. 도홍경은 일찍이 그런 이치를 알았으므로, 친구의 은근한 요청을 미리 거절하고 안락하게 몸을 보전할 수 있었다.

　물론 사람 사이의 복잡한 일에 얽매이지 않고 '자유롭게' 하고 싶은 대로 하며 사는 맛에 산을 찾았다가 아예 절로 들어가 중이 되는 이들도 있었다. 그래서 고려 말의 정몽주를 넌지시 유혹한 시도 전한다. 『동인시화東人詩話』에 이르기를 고려 말에 어느 중이 정몽주에게 준 시가 있었으니 거기에 이렇게 적었더란다.

강남 만 리에 들꽃이 피었으니
어느 곳인들 봄바람에 좋은 산이 없을까
江南萬里野花發
何處春風無好山

『소화시평』에 의하면 이 시는 정몽주로 하여금 세속을 떠나 자취를 감추게 하려고 꾀어내기 위한 것이었다. 시를 받아들고 정몽주가 눈물을 흘리며 말하기를 '아! 이미 늦었다'고 말했다고 한다. 모든 것을 내려놓고 청산에 몸을 맡기기에는 너무 늦었다는 것이었다. 그래서 홍만종洪萬鍾(1643~1725)은 "신하가 임금에게 몸을 바친 것이 이에 이르렀으니 의리상으로 물러설 수 없는데, 한갓 중이 어찌 포은을 알 수 있었겠는가."라고 하였다.

삶에 지치거나 인생무상을 몸으로 느낄 나이가 되면 사람들이 흔히 하는 말이 있다.

"인생 이럴 줄 미리 알았다면 중이 되었을 걸."

"차라리 신부나 수녀가 되었을 텐데."

하지만 절간이나 교회도 다 사람 사는 곳이니 속세에서 겪는 더럽고 아니꼬운 일들을 그곳이라고 피할 수야 있겠나. 다만, 조금 덜 겪을 수는 있겠으나 거기가 거기다. 그래서 늘 상 사람들은 산에 살기를 바랐다. 산에 살며 갖게 되는 평온한 마음은 이관명李觀命(1661~1733)의 산거(山居, 산에 살다)라는 시에도 잘 나타나 있다.

한가한 가운데 일 없으니 큰 술잔 들고
날마다 산집에서 두건을 거꾸로 쓴다네
변화무쌍 외로운 구름 물가에서 피어나고
다정한 새가 주렴 안으로 들어와 엿보네
꾀꼬리 우는 푸른 나무에 봄은 끝없건만
비 그친 맑은 연못에는 달님이 기약하네
새로운 시 짓고 나면 다시 절로 화답하니
이곳의 깊은 흥취를 그 누가 거듭 알까?

閑中無事把深巵

日日山齋倒接䍦
變態孤雲傍水起
多情幽鳥入簾窺
鶯啼綠樹春無外
雨歇清潭月有期
題罷新篇還自和
這間深趣復誰知

　이토록 산에 살기를 바란 까닭은 어디에 있는 걸까? 인간
사 골치 아픈 일이 많기 때문이다. 예나 지금이나 사람이 살
아가는 데는 별로 달라진 게 없다. 환경이나 조건만 달라졌
을 뿐, 살아가는 이치는 같다. 사는 게 바쁘고 고단해서 당
장 현실로부터 벗어나고 싶어도 벗어나지 못하는 건 이리저
리 사람 사이의 관계 때문이다. 막상 떠나자니 처자식 먹고
살 대책이 없다. 바로 그런 고민을 옛사람들도 똑같이 하였
다. 이단상李端相(1628~1669)의 시 구점견회口占遣懷에도 인
간사 고민이 담겨 있다. '구점견회'란 '입으로 불러서 회포를
풀다'는 뜻인데, 그 역시 바쁜 일상생활에서 벗어나고파 소
리치던 시절의 이야기이다.

조용히 책 읽는 맛 절로 길게 이어져
문 닫고 홀로 앉아 차를 달인다네
대 그늘에 평상 옮기니 시 더욱 상쾌해
침상에 매화를 둘렀으니 꿈이 향기로워
몸 밖의 공과 명예는 다 쓸데없는 것
세상의 갈림길 양장처럼 얽히고설켜
어찌하면 벼슬자리 옷을 벗고 떠날까?
속진의 일에 묻혀 날마다 바쁘니 말야

靜裏看書味自長
掩門孤坐點茶鐺
床移竹影詩偏爽
枕繞梅花夢亦香
身外功名等鷄肋
世間岐路劇羊腸
如何又着朝衣去
十丈塵中竟日忙

이단상은 월사月沙 이정귀李廷龜의 손자이다. 그는 책을
읽고 차를 마시며 침상 가까이에는 향기로운 매화를 두었다.

공명을 멀리하고 관직도 버리고 청산에 살고 싶은 욕심을 살짝 노출하였다. 아마도 여유 있는 마음으로 책 읽는 걸 즐겼나 보다. 그래서일까? 일찍이 왕유王維(699~759)도 "날마다 책을 읽지 않으면 입안에 가시가 돋는다"(日日不讀書 口中生荊刺)고 하였다던가? 살아 있는 동안 이단상은 정관재靜觀齋라는 호를 사용하였다. 대대로 권세와 부를 물려받아 가질 것을 웬만큼 가진 그조차 현실을 떠나고 싶어 한 것이다. "도시에 그 많은 빌딩과 집이 있어도 왜 내 집은 없는 거야?"라며 늘상 불안에 떨고, 불만에 배가 터질 것 같은 지금의 젊은 세대, 가난한 영혼들에게 이런 마음 없을 리야! 시인은 '산에 살면 욕심은 쓸데없는 것'이라고 말한다. 그러나 지금의 세대들에겐 그런 말 또한 '귀신 씨나락 까먹는 소리'로 들릴 것이다.

고려 말 이제현의 아버지 이진李瑱(1244~1321)의 '산거우제山居偶題'라는 시는 마치 속세를 떠나 선경으로 들어간 착각에 빠트린다. '산에 살며 우연히 쓰다'는 뜻의 제목과 달리, 신선의 세계를 작심하고 그린 듯하다.

빈 산을 가득 채운 푸르름이 옷을 적시네

풀잎 푸른 연못에서는 흰 새가 날아오르고

깊은 숲 나무에서 밤을 지샌 묵은 안개

한낮에 바람 불자 후두둑 비가 내린다

滿空山翠滴人衣

草綠池塘白鳥飛

宿霧夜棲深樹在

午風吹作雨霏霏

  이 시에서 시인은 산에 사는 사람이 흔히 경험하는 일상을 제시하였다. 시인의 감성은 첫 행에서부터 강렬하다. 자기가 살고 있는 산속 우거진 숲으로 에워싸인 환경을 '빈 산을 가득 채운 푸르름이 사람의 옷을 적신다'고 표현하였다. 시인은 숲을 푸른색으로 가득 채우기 전에 산을 비워 공산으로 만들고, 사람을 푸르게 물들여 버렸다. 첫 행을 읽으면서 벌써 나뭇잎을 짓이긴 녹색 물이 몸에 배는 듯하다. 이렇게 함으로써 봄날의 꽃은 다 진 뒤라는 시간을 제시할 수도 있었다. 그리고 산 밑 평지에 초록 풀이 가득한 작은 못을 파고 백조 한 마리를 배치하여 사람 사는 세상으로부터 거리를 둔 곳에 그야말로 무대를 신선하게 꾸몄다. 깊고 울창한 숲, 바람 한 점 없는 고요함 속에 안개도 편안한 밤을 지새웠다. 한 낮이 되도록 숲은 안개에 휩싸여 있었다. 바람 타고 빗줄기가 '후두둑 후두둑' 듣는 한낮. 한밤 내 가슴에 맺혀 있던 우울함이 한꺼번에 사라지고 새로운 시야가 열리듯 봄날의 정경이 상큼하게 펼쳐진다.

시대를 훌쩍 뛰어넘어 조선 후기의 홍세태洪世泰 (1653~1725)는 '연못가에서 흥에 겨운 감상'을 잔잔히 풀어내어 지상만흥池上漫興이라는 시에 담았다.

한가로이 못가에 와 팔 베고 자니
맑은 물결에 그림자, 물밑엔 하늘
한낮 버들에 부는 바람 얼굴 부비고
푸른 산도 돌아와 내 앞에 서 있네
閑來池上枕肱眠
影落澄波水底天
日午柳風吹拂面
青山還復在吾前

홍세태 역시 저수지가에서의 낭만과 흥겨움에 한껏 취해

있다. 그의 표현 가운데 흥미로운 것은 마지막 행의 "청산이 다시 돌아와 내 앞에 서 있네!"라고 한 말이다.

간지러운 바람이 분다. 저수지엔 잔물결이 지고, 버들가지도 살랑거리는데, 여유를 부리며 못가에 누워 있다가 눈을 떠보니 앞에 청산이 누워 있다. 그래서 시인은 이렇게 말하고 싶었다.

"아, 글쎄 청산이 물을 베고 누웠네!"

그야말로 순진무구의 세계이다. 무구無垢의 垢는 '더러움'이나 '때'를 말하니 무구는 한 점 때가 묻지 않았다는 뜻이다. 그렇다고 어느 한 구석 욕심도 보이지 않는다. 바로 이것이 안빈安貧의 세계이다.

연못을 얘기하다 보니 어느 봄날, 택당澤堂 이식李植 (1584~1647)이 본 저수지가의 봄 풍경을 읊은 시 한 편이 더 떠오른다. 그가 쓴 '못 위에서'[池上지상]라는 시이다.

새벽에 일어나니 빈집에 이슬 기운 맑아
짚신 급히 꿰어 신고 못가로 가보았더니

무심히 핀 봄꽃들 돌아와 기쁨에 겨워라

바윗부리 사이로 솟은 창포 긴 줄기 하나

晨起虛堂露氣淸

急穿芒屬傍池行

等閑春物還堪喜

石齒菖蒲長一莖

그런데 왜 시의 제목이 꼭 '저수지(못) 위에서'이냐. 택당
이식 또한 '못가에서'[於池邊어지변]라고 하지 않았다. 비록
못 가장자리일지언정 '물꽃'과 창포가 수면을 뚫고 꽃을 피
워올린 모습을 하고 있으니 그 위에 떠오르는 감상을 읊었기
때문일 것이다.

창포꽃은 남녘에선 4월 중순에, 중부지방에서는 대개 5월
에 핀다. 그것도 요즘엔 기후변화로 대중없이 피고 있지만.
봄꽃이 피는 계절이면 작은 연못가 어디서나 흔히 보았던 풍
경이다. 아마 창포는 아직 노란 꽃을 피우지는 않은 시기였
던가 보다.

택당 이식은 문장으로 세상에 이름이 알려져 네 차례나 대
제학을 지냈다. 젊었을 때 경기도 양평군 지평 마을 백아곡

에 집이 있었는데, 학문에 뜻을 두어 책을 싸 짊어지고 용문
사로 들어가 공부하였다.

이와 비슷한 삶을 그린 시가 또 있다. 정몽주와 비슷한 시
대를 살았던 고려의 시인 목은 이색은 '유거幽居'에서 산수
간에 묻혀 사는 삶을 다음과 같이 표현하였다.

그윽한 집에 세속 일이 드문 건
평소 뜻이 산수에 있었음일세
시골 손님은 왔다가 또 돌아가고
산새들은 날면서 서로 따른다
맑은 바람은 북쪽 숲에서 나오고
밝은 태양은 서산 기슭으로 들어간다
정경이 스스로 유연한 가운데
홀로 우뚝 서서 조용히 읊조린다
幽居塵事稀
雅志在巖谷
野客來又回
山禽飛相逐
清風生北林

白日納西麓
情境自悠然
沈音立於獨

　유거幽居는 속세에서 저만치 떨어진 곳에 마련한 집이다. 인간세상으로부터 웬만큼 거리를 두고 있으니 그윽하고 아늑한 거처이다. 시인 이색은 우선 자신이 살고 있는 환경을 '그윽한 집에 속진俗塵의 일이 드문 곳'으로서 자신의 고상한 뜻이 산수 간의 바위 계곡에 있었노라고 제시해놓았다. 그리고 그 뒤에 다시 평범한 야인으로서의 나그네가 왔다 가는 곳이며 산새들이 서로 앞서거니 뒤서거니 나는 곳이라고 하였다. 산새도 날기를 멈춘 꽉 막힌 곳도 아니며, 그렇다고 인간 세상과 아주 단절된 공간도 아니라는 여운을 살짝 남겼다. 그곳에서의 흥겨운 삶, 콧노래 절로 나오는 즐거움을 '조용히 서서 노래한다'(沈音立於獨)는 말로 대신하였다. 천금을 주고라도 사고 싶은, 부러운 삶이다.
　역시 무욕無欲의 삶을 동경하고 있는 것이다. 그가 탐내는 건 오로지 산수 속에 있는 풀과 꽃과 나무와 향기며 새나 귀에 정겨운 곤충 같은 것들이다. 목은 이색이 자신의 다른 시에서 "푸른 잎과 향기로운 풀이 꽃보다 좋아서 한 자락 상큼한 이 한가로움을 누굴 주랴"(綠陰芳草勝花時 一段淸閑付與誰)고 한 것은 바로 그와 같은 삶을 말한 것이다.

일찍이 "인간 세상에는 영욕이 많지만 청산에는 시비가 없다"(白日多榮辱 靑山無是非)고 고려 시인 민사평(1295~1359)이 자신의 시에서 말했듯이 민사평도, 이색도 아무런 시비가 없는 청산에 살다 갔다.

목은 이색은 당시 원나라 수도로 유학하였으며 그곳에서 벼슬도 하였다. 우리나라의 성균관成均館에 해당하는 원나라의 벽옹辟雍에 입학하였으며, 25세 때에 고려에 와서 문과에 급제한다. 그때 익재 이제현이 시험관으로 나와서 그와 비로소 인연을 맺게 된다. 27세 되던 1355년에는 원나라에서 회시會試와 전시殿試에서 합격하여 응봉한림문자승사랑 동지제고 겸 국사원편수관(應奉翰林文字承仕郞同知製誥兼國史院編修官)에 임명되었다. 29세까지 북경에서 벼슬살이를 하다가 그 해(1356년)에 돌아왔다. 고려에 돌아와 12년이 지난 1368년에 주원장朱元璋이 명나라를 세우고 원나라는 막북(漠北, 고비사막 북쪽)으로 쫓겨났다. 이색의 나이 61세 때인 1388년 겨울 그는 남경南京으로 찾아가 주원장을 만나고 돌아왔다.

나중에 후학들을 양성하였으며, 정몽주, 이숭인, 박상충朴尙
衷, 박의중朴宜中, 양촌陽村 권근權近, 도은陶隱 이숭인, 정
도전鄭道傳 등은 모두 그의 영향을 받았다.

1396년(태조 5) 69세의 나이로 경기도 여주 신륵사神勒寺
에서 죽었다. 고려 충숙왕, 공민왕, 우왕, 창왕, 공양왕을 거
쳐 친구인 이성계가 조선을 건국하는 과정을 지켜보며 살았
다. 공민왕 아래에서는 개혁정치에도 참여한 바 있는 그는
고려 공민왕 바로 아래의 신분인 문하시중門下侍中의 자리
에까지 오르게 된다. 충남 한산에 봉해져서 한산부원군韓山
府院君의 작호를 받았다. 한산이씨는 바로 가정 이곡과 그의
아들 목은 이색으로부터 크게 일어나 조선에서 이름을 떨친
문벌 가문이다.

다음에 보게 될 민사평의 시에는 속진의 욕심이 없다. 권
력에 대한 야욕도, 그렇다고 부귀에 대한 욕망도 없다. 있는
그대로의 삶에 만족하면서 해지면 자고, 해 뜨면 새와 함께
일어나 은유 자적하는 삶이다. 지금의 우리는 어쩌면 살아생
전에는 가져볼 수 없는 물욕 밖의 삶이 아닐까?

욕심이 지나치면 불행을 부른다. 그것이 특히 재물욕일 경

우에는 자칫 돌이킬 수 없는 지경으로 간다. 하지만 아무리 욕심 없는 삶이라 해도 우리가 사는 지금 이 시대에 기본적인 의식주 문제만큼은 해결되어야 인권이니 자유니 얘기할 수 있는 게 아닐까? 하루 한 끼로 살아가는 빈곤한 노인들이 많다고 한다. '노인을 위한 나라는 없다'(No Country for old man)지만, 노인은 그렇다 치고 젊은이들의 삶도 밝지 않다. 나이 서른이 넘고, 마흔이 되어도 도시에 제집을 갖지 못하는 청춘들에게 나는 늘 미안하게 생각한다. 집이 없어 결혼조차 하지 못하는 그들에게 괜스레 죄를 지은 것만 같은 생각이 드는 것이다. 부끄럽게 살거나 잘못을 저지른 것은 내가 아닌데, 그들보다 먼저 태어나 이 땅에 함께 산다는 것만으로 무한한 책임을 느낀다. 대한민국 정부 수립 이후 수많은 정치인이 선거 때만 되면 '가구마다 집 한 채씩을 갖게 하겠다'는 말을 되뇌었건만, 오늘에 이르도록 가장 기본적인 조건 하나도 충족시켜주지 못하는 이 나라의 현실을 잘 알면서 물욕 밖의 삶을 이야기한다는 게 말이 안 되지만 하여튼 우리가 그들에게 남겨줘야 할 것은 지금과 같은 세상이 아니다. 집값이 너무 비싸서 평생 월급쟁이로는 집을 살 수 없어 결혼과 출산을 포기하고 '홀로살기'에 올인하는 청춘들에게 미안한 마음을 갖고 그들의 문제를 해결해야 한다. 당신들의 젊은 날에 지금의 MZ세대와 같은 경제적 사회적 불평등을 겪었다면 가만히 있었겠는가? 머리에 넥타이 질끈 동여매고 거리로 나가 보도블럭 깨어 던지며 '못살겠다 갈아보자'면서 뿌리부터 개혁을 외쳤을 것이다. 그런데 X세대와 MZ세대는 그런 데모조차 못한다. 왜냐고? 우스개소리지만 학교에 데모를 가르치는 과목이 없어서라고 한다. 아마도 그들은 자신들의 하루하루가 지옥 같은 삶이라 천상의 일을 꿈도 못 꾸는 꼴인지 모르겠다.

민사평閔思平의 다음 시에는 "1342년(충혜왕 복위 3년) 9월 24일 동년배인 송서 선생이 유 장관과 함께 술을 가지고 나를 찾아왔다. 술이 거나했을 때 문 승상 시에 차운하여 각기 한 수씩 읊었다"는 설명이 붙어 있다. 그의 문집인 『급암시집及菴詩集』에 전하는 시이다.

인간 세상엔 영욕이 많지만
청산에는 시비가 없다네
시서는 나랏일을 그르치고
티끌은 사람 옷을 더럽히네

가생은 경박스러운 듯하고

풍로는 스스로 머뭇거렸네

강가에 쓰러져 가는 오두막 있으니

내 장차 그대에게로 돌아가리라

白日多榮辱

青山無是非

詩書誤國事

塵土汚人衣

賈生似輕薄

馮老自依違

江上廢廬在

吾將與子歸

　첫 행에서 '해가 쨍쨍한 날'을 백일白日로 그렸다. 눈 뜨고 사는 멀쩡한 백주白晝(대낮)에 우리 사는 세상엔 영광도 있고 욕됨도 많다는 것인데, 어찌 낮에만 그럴까. 해 저물면 영욕은 더 많고, 험한 일은 대개 밤에 일어난다. 그렇지만 '청산에는 시비가 없다'는 말에 홀딱 넘어갈 것 같다. 시서오국사詩書誤國事는 '시와 책을 읽은 자가 나랏일을 잘못되게 한다'는 것이니, 시쳇말로 배운 놈이 나랏일을 망친다는 뜻으로 받아들여도 되리라. 하기사 나라를 망치는 놈들은 죄 다 글 배운 놈들이다. 못 배우고 가진 것 없는 것들(?)이야 그럴 기회조차도 없으니까.

가생賈生은 전한 문제文帝 때의 인물. 본명이 가의賈誼다. 기원전 200~168년을 살았으며, 풍로馮老는 한 나라 때의 풍당馮唐이라는 인물을 가리킨다. 안릉安陵 사람으로, 그 역시 문제 때 활동하였는데, 머리가 하얗게 세도록 승진을 하지 못하고 중하급 관리인 낭관郞官으로 있었다(『사기』 풍당열전). 은퇴할 나이까지 고급 관리로 출세하지 못하였고, 그러다 보니 그만둘까 말까 망설였던 것. 그만두고 싶어도 그만둘 수 없는 직장인들이 아침마다 갈등하는 것과 무엇이 다른가. 가의, 풍로는 모두 나랏일을 한다며 관직을 얻어 헤매다가 결국 몸도 나라도 망친 일을 말하기 위해 끌어들인 인물들이다. 그런 이들처럼 정치판에 대한 욕심을 버리고 시빗거리가 없는 청산 속 강가에 오두막을 마련해 두었으니 그리로 돌아가리라는 의지를 보인 것이다. 인간사 영욕이 한 점 없는 청산에서 술이나 한 잔씩 기울이면서 살 수 있다면 그 또한 작지 않은 행복이리라.

옛사람들은 꽃을 대하면 으레 술을 마셨다. 꽃에서 인생을 보고 살아 있는 것들에 대한 성찰을 했기 때문이리라. 술 이야기가 나왔으니 저 유명한 정철鄭澈(1536~1593)의 '장진주사將進酒辭'를 보자.

한 잔 먹세 그려, 또 한 잔 먹세그려
꽃 꺾어 산算 놓고 무진무진 먹세그려
이 몸 죽은 후면 지게 위에 거적 덮어 묶여 매여가며
수술로 잘 꾸민 꽃상여에 만인이 울며 예지만
억새풀 속새 떡갈나무 백양 속에 가기만 곧 가면
누런 해 흰 달 가는 비 굵은 눈 소소리바람 불 때
누가 한 잔 마시자고 권할 것인가
하물며 무덤 위에 잔나비 휘파람 불 때에야 뉘우친들 어쩌
리.(『송강가사』)

정철이 전별석상에서 한바탕 입으로 외쳐 부른 5언절구 세 수 가운데 마지막 작품인 '자리에서 세 수를 입으로 부르다'(席上口號三首)라는 작품도 음미해볼 만하다.

물가의 해오라비 쌍쌍이 희고

강에 뜬 구름 점점이 푸르다

이 세상 이별의 한이 없다면

그제야 나 역시 술을 끊겠네

渚鷺雙雙白

江雲片片靑

世間無別恨

吾亦一杯停

술을 마시며 손님을 전별하는 자리에서 지은 연작시이다. 전별餞別의 餞은 술과 음식을 대접하여 사람을 떠나보낸다는 뜻을 갖고 있는 말. 거기에 이별 別(별) 자를 붙여 그 뜻을 분명히 한 것이다. 그런데, 물가에 선 두 마리의 흰 학과 하늘의 흰 구름이 강에 비쳐 점점이 푸르게 비치는 것이 이별의 한 그리고 술과 어떤 관련이 있는 것일까? 두 마리의 학은 정철 자신과 객을 상징하는 것으로 이해할 수도 있다. 하늘과 강으로 둘 사이가 먼 것을 비유하면서 하늘의 구름이 푸른 강에 내려앉아 서로를 비추는 것처럼 그대 마음도 내 마음과 같다는 표현이리라. 괴로운 이별을 하는 자리인 만큼, 마셔야 할 술이기에 그대에게 권하고 나도 취하겠다는 뜻. 인간세상 이별이 없다면 술을 끊을 수 있다고 호기롭게 외치고 있는 정철의 핑계가 단지 그만의 변명일까?

한편, 정온鄭蘊(1569~1641)의 시에 낚시꾼과 함께 하는 백로 또한 이와 비슷하면서 다르다.

저물녘 찬비가 부슬부슬 하늘 가득 뿌리네
앞산 안개구름 마을 연기와 맞닿아 있는데
낚시하는 노인 도롱이 옷 젖는 줄 모르고
갈대꽃 옆에서 백로도 한가로이 함께 잔다.

凍雨霏霏灑滿天
前山雲霧接村烟
漁翁不識蓑宜濕
閑傍蘆花共鷺眠

억새·갈대꽃이 핀 가을철 물가의 한가로움을 나타내기 위해 백로를 등장시키고 있으나 앞의 정철 시에서는 세상에 대한 미련을 버리지 못하고 있는 반면, 정온은 해오라비와 함께 몸도 마음도 편안하다. 더구나 세속을 잊고 산수山水에 몸을 숨기고 사니 인간사와 저만치 멀어져 있다. 소위 '장풍로상長風露上'이라 하여 오래도록 바람과 이슬 맞으며 속세와 거리를 두고 있는 삶이다. 너무나 힘든 삶에 부대끼는 영혼들에겐 이마저도 그저 부러울 뿐.

술을 좋아한 정철이 가고 난 뒤, 언젠가 그의 무덤을 찾은 권필이 한 잔 술과 함께 지어 바친 시 한 편이 있다. '송강의 무덤을 지나며'[過松江墓과송강묘]라는 시이다.

낙엽 지고 비 내리는 텅 빈 산
여기 묻힌 풍류 재상 적막하니
아, 한 잔 술 권할 수 없음이여!
지난날 노래 이 날을 이르심인가
空山木落雨蕭蕭
相國風流此寂寥
惆悵一杯難更進
昔年歌曲即今朝

정철이 앞의 시에서 '죽은 뒤에 누가 한 잔 마시자고 할 것인가'를 읊었지만, 권필이 찾아가 마시자는 술을 못 마시니

'당신께서 지난날 노래한 그 날이 바로 이날이었나요?'라고 묻고 있다. 술 없는 삶도 슬픈 일이지만 죽은 뒤의 술 한 잔을 못 마시는 일도 슬픈 것은 마찬가지.

권필이 정철의 묘에서 시를 지은 데는 그와 인연이 있었기 때문이다. 권필은 통이 크고 무엇에 얽매이기를 싫어하는 자유로운 영혼이었다. 젊어서부터 정철을 사모하였다. 정철이 평안도 강계로 귀양 가 있을 때 권필은 이안눌과 함께 찾아갔다. 그러자 정철이 기쁜 나머지 "이번 귀양길에 하늘에서 내려온 두 신선을 만났소."라며 맞아주었고, 그로부터 두 사람의 이름이 널리 알려지게 되었다고 한다.

정철과 어울리는 감동적인 장진주 한 편이 더 있다. 중국 당나라 때의 문인 이하李賀(790~816)의 시이다. 이 시는 원체 명문인지라『고문진보古文眞寶』에도 실려 있다.

아름다운 유리잔에 호박빛깔 짙은 술

술통에서 떨어지는 술은 진주처럼 붉고

용 삶고 봉황 구우니 옥 같은 기름에 눈물진다

비단 휘장 자수 장막으로 둘러싸서 바람 막고

용무늬 피리를 불고 악어가죽으로 만든 북 치며

미인들 흰 이 드러내 노래하고 가는 허리 춤춘다

이에 푸른 봄은 나날이 저물어가면서

복사꽃 비처럼 흩날리며 어지러이 지네

그대에게 권하노니 종일토록 취해 보세

죽은 유령의 무덤에는 술 권할 이 없으리

琉璃鍾 琥珀濃

小槽酒滴眞珠紅

烹龍炮鳳玉脂泣

羅幃繡幕圍香風

吹龍笛 擊鼉鼓

皓齒歌 細腰舞

況是靑春日將暮

桃花亂落如紅雨

勸君終日酩酊醉

酒不到劉伶墳土上

　　중국의 『세본世本』이라는 기록에 의하면 "의적儀狄이 술을 만들었다"고 하였고, 『전국책戰國策』에도 "의적이 처음 술을 만들어 우왕(禹王)에게 바치자 맛있게 마셨다."고 되어 있으니 4천여 년 전 술이 처음 나타나 사람들의 애환을 달래 주었음을 알 수 있다. 또 중국 진晉 나라 죽림칠현의 한 사람 이었던 유령劉伶은 우주가 좁다고 여겼다. 그리하여 항상 작은 수레를 타고 다니며 술 한 병을 몸에 지니고서는 사람을 시켜 삽을 메고 따르게 하면서 이렇게 말했다고 한다.

"내가 죽거든 그 자리에 묻어라."(『세설신어』)

대머리 시인 이규보 또한 평생 술을 즐겼다. 그런 그가 술에 대하여 시 쓰는 일을 마다할 일이 있겠는가. 과연 한 편이 있다. '유령과 이백이 술 권하는 그림에 쓰다'[題劉伶李白勸酒圖]라는 시이다.

당나라 이적선에 진나라 백륜은
서로 몇백 년 떨어진 사람인데
어찌하여 우연히 만나서
마주 보고 취해 서로 넘어졌는가
내 처음 돌이켜보지 못하고
다만 화가의 잘못이라 하였네

기질이 같은 사람을 생각하니

정신이 서로 같음을 느끼네

두 사람 내가 사모하므로

내 또한 보기를 원하였네

어느 곳에서 그들을 만나보고

이 술 한 잔을 권하랴!

伯倫於謫仙

相距幾百年

胡爲得邂逅

對醉各頹然

但謂畵者誤

翻思同氣者

精神感相遇

二子吾所希

吾亦願見之

何處得會面

勸此酒一厄

유령劉伶은 중국 서진西晉 시대 사람이며 자가 백륜伯倫

이다. 완적阮籍 그리고 대장장이 혜강嵇康 등과 함께 죽림칠
현竹林七賢의 한 사람으로 일컬어지는데, 유령은 술의 예찬
이라 할 수 있는 글 '주덕송酒德頌'을 남겼다. 유령劉伶은 하
도 술을 좋아했기에 마치 서양의 주신酒神 바쿠스처럼 추앙
받는 인물. 유령의 무덤을 확인할 수 없으니 그의 무덤에 술
을 권할 이 당연히 없다. 그러나 그의 영혼을 불러내는 술은
가능할 것이다. 정철이나 이하, 유령과 같은 이들에게 술은
인간사 영욕 밖으로 벗어나기 위한 수단이었을 뿐이다. 그래
서 일찍이 고려의 시인 최림崔林(1779~1841)은 '친구에게 주
다'[贈友人증우인]는 시에서 욕심 없는 삶을 이렇게 말하였다.

하루는 아침과 저녁이 있는데
청산은 옛날과 지금이 따로 없구나
한 동이 술은 영욕 밖에 있는 것
마주 대하고 자세히 마음을 논하네
白日有朝暮
靑山無古今
一尊榮辱外
相對細論心

‘증우인(贈友人)’은 ‘친구에게 주다’ 라는 뜻으로서 최립(崔
林)이 친구에게 준 시이다. 그러나 이 시에는 애초 제목이 없
었다. 서거정의 『동문선』(제19권)에 전하는 시로서 첫 행에서
하루의 시작과 끝을 말하고, 그것으로써 세월이 무한히 반복
되고 있음을 제시하였다. 그런 다음, 오가는 그 세월 속에 청
산은 변함이 없음을 말하고, 한 동이 술을 곁에 끼고 친구와
함께 이욕(利慾)을 벗어나 깊은 마음을 전해보고픈 심정을 실
었다.

　영욕榮辱은 영광과 욕됨을 이른다. 즉, 기쁘거나 괴로운 인
간사를 말함이니 행복이나 기쁨, 슬픔이나 욕됨, 번민, 절망
과 같은 희로애락애오욕(喜怒哀樂愛惡欲)의 인간 칠정(七情) 밖
으로 벗어나기 위한 수단이 술이라는 것이다. 필경은 그러하
나 영원히 그 굴레를 벗어날 수는 없는 것.

　허균의 『국조시산國朝詩刪』에 실린 조선의 시인 박계강朴
繼姜의 ‘증인贈人’(남에게 주다)이라는 시도 맛을 볼 만하다.
‘남에게 주다’는 뜻이니 제목부터 묘하다.

　떨어지는 꽃은 봄이 저무는 걸 알고
　술동이가 비니 술이 없음을 깨닫네

세월은 우리의 백발을 재촉하나니

옷 잡혀 술 사는 거 애석해 말게나

落花知春暮

尊空覺酒無

光陰催白髮

莫惜典衣沽

봄이 저물어가는 것을 꽃이 먼저 알고 지며, 술동이를 다 비우고서야 술이 없음을 깨닫는다는 게 다소 엉뚱한 비유로 보일 수 있다. 맨 마지막 행을 곧이곧대로 이해하자면 '봄날 술이 떨어져서 네 옷을 전당 잡혀서 술을 사는 거 아까워하지 말라'는 뜻이니 여기서 말하는 사람은 함께 술 마시던 친구이거나 연인 아닐까.

도무지 조선과 고려의 시인들은 하나같이 돈이나 경제에 관한 개념이 없다. 아마 이 땅을 살다 간 고려와 조선의 지배층과 지식인들이 갖고 있지 않았던 것은 경제 개념이 아니었을까? 그러나 그것은 의도된 가난을 말함이다. 최영이 그 아버지로부터 '황금을 돌 보듯 하라'는 좌우명을 받은 뒤로 5백여 년 동안 조선인들이 이런 정신을 더욱 심화시켰다. 그런 의식은 소위 청백리라든가 지배층의 청렴을 가장 중요한 덕목으로 여겼기 때문에 나온 것으로 이해할 수 있다. 그러하였기에 조선이 재물 다툼으로 혼탁해져서 나라가 기우는 꼴은 면할 수 있었다. 하지만 결국 경제에 어두워 나라가 가난해지고 망국에 이르는 악순환의 고리에 갇히고 말았던 게 아닌가.

그럼에도 지배층은 이런 시들을 쓸 정도로 절대빈곤에서는 벗어나 있었다. 하지만 박계강의 경우 가난한 선비였다. 돈이 없어 봄옷을 잡혀 술을 사 오는 얘기인데, 그래 놓고 좀 멋쩍었던 모양이다. 꽃이 피고 지는 가운데 마시고 또 마신다. 그러는 사이에 세월은 가고 백발은 늘어만 간다. 시인의 관심은 온통 술에 있다. 마시는 술은 근심이나 번뇌의 무게와 같다.

"저 꽃도 봄이 저무는 것을 알아서 지고 있고, 세월 가며 백발은 늘어 가는데 이 시름 어떡하랴. 그냥 술에 맡길래."

시인 박계강은 이렇게 말하고 싶었을 것이다.

술로 말하자니 마뜩치는 않을지라도 중국 당나라 때의 시인 백낙천의 '권주勸酒'(술을 권하다)를 빼놓고 가기 어렵겠다.

그대 한 잘 술을 권하니 사양치 말게
둘째 잔도 권하노니 그대 의심치 말게
셋째 잔을 권하니 그대 비로소 알겠지
어제의 내 얼굴 오늘에 점차 늙어가고
취해 있는 게 깨어 있을 때보다 나으니
하늘과 땅은 길고 아득하기도 하여라
달과 해는 다투어 서로 달려 지나가고
가고 난 뒤 황금을 북두성까지 쌓아도
살아생전 마실 한 통의 술만도 못하여라
그대는 보지 못했는가?
춘명문 밖에는 동이 트려 하는데
나고 죽음을 시끄럽게 노래하고 곡하며
나다니는 사람들 말 세우지 않을 수 없고
흰 상여 수레가 길을 다투어 가는구나
돌아가세나 이미 머리 하얗게 되었으니
돈을 빌려 술이나 사서 마셔 버리게

勸君一杯君莫辭

勸君兩杯君莫疑

勸君三杯君始知

面上今日老昨日

心中醉時勝醒時

天地自長久

白兔赤烏相走

身後堆金北斗

不如生前一樽酒

君不見

春明門外天欲明

喧喧歌哭半死生

遊人駐馬出不得

白輿素車爭路行

歸去來辭頭已白

典錢將用買酒喫

이 정도면 아마도 술에 대한 과도한 집착, 그러니까 주마
酒魔라 해야 하겠다.

었다. 그런데 언젠가 강가의 정자에 묵은 적이 있는데, 하루
는 일찍 일어나 창문을 열었더니 짙은 안개가 자욱하여 아침
해가 감춰져 있었다. 배가 가는지는 알 수 없고, 삐걱삐걱 하
는 소리만 들렸다. 그제서야 이 시의 표현이 정말 똑같다는
사실을 알게 되었다.”

석주 권필이 새벽에 길을 떠나며 지은 시 또한 우리를 삶
의 터전으로부터 멀리 떨어진 선경으로 데려간다.

기러기 울고, 강엔 가는 초승달
갈대밭 사이로 새벽길을 간다
말안장에 올라 아스라이 꾸는 꿈
문득 고향 집, 산에 다시 이르렀네
雁鳴江月細
曉行蘆葦間
悠揚據鞍夢
忽復到家山

홍만종은 『소화시평』에서 권필의 이 시를 뛰어난 수작으

로 평가하였다.

"나는 시의 운치와 시어를 기이하게 여겼으면서도 그 멋을
알지 못했었다. 한 번은 춘천을 가다가 청평역에서 자고, 새
벽에 길을 떠났다. 그때가 음력 9월 20일이 지난 뒤였다. 강
을 따라 길은 온통 갈대밭이고, 새벽 달은 눈썹처럼 떠 있었
다. 외로운 기러기는 무리를 찾느라 울음을 울어댔다. 말에
몸을 내맡긴 채 채찍을 내려뜨리고 가면서 졸다 보니 그때에
야 비로소 권필이 묘사한 경치가 그림 같다는 생각을 하게 되
었다."

초승달이 실눈을 뜨고, 강과 강변 갈대밭 사이로 길을 가
는 나그네며 기러기를 올려다보는 새벽. 말에서 졸다 보니
고향 집이 있는 산마루까지 이르게 된 과정을 있는 그대로
묘사하였다. 한시가 아니라도 아름다운 시다. 지금은 가평과
경춘선 백양사역~강촌역 사이 강변 갈대밭이 볼만하지만.
그때는 팔당에서 대성리~청평 일대 강변까지도 온통 갈대밭
이었던가 보다.

초정楚亭 박제가의 다음 시에도 물욕이나 출세욕 같은 세

속적인 욕심은 철저히 배제되어 있다. 물론 그에게 그런 욕망이 전혀 없었던 것은 아니다. 그가 살았던 시대에도 경쟁이 없었던 것이 아니며, 신분이나 빈부, 귀천의 차별이 없었던 게 아니다. 오히려 신분적 차별이 컸던 세상이었으니 세속적인 속박으로부터 벗어나고픈 갈망이 더욱 깊었을 것이다.

목동은 웃지도 서둘지도 않더니
술집 찾기는 쉬워도 잊기는 어렵지요
채찍 들어 말 몰아 머리 돌리는데
붉은 것 흰 것이 아득히 보인다
복사꽃 갓 피고 배꽃은 아직 일러
오로지 살구꽃 많아 아주 좋다네
꽃바람 멀리 술 생각 날려 보내고
꽃나무 높이 주기酒旗가 걸렸구나
牧童不笑亦不忙
酒家易知復難忘
揚鞭擧袂一回首
紅紅白白遙相望

桃花短短梨花早
惟有杏花多最好
花風遠遠送酒氣
花樹高高當酒旗

　이것은 길을 가다가 술집이 어디 있는지를 묻자 목동이 손으로 가리키며 알려준 곳을 찾아가는 모습을 그린 시이다. '목동이 멀리 손으로 가리키며 행화촌이라고 소리치다'(牧童遙指杏花村口號)라는 제목의 시 가운데 일부인데 술집이 어디 있느냐고 묻자 술꾼들의 가슴을 치는 한 마디.

"찾기는 쉬워도 잊기는 어렵다"

　목동은 손짓으로 행화촌 술집을 알려준다. 멀리 바라보니 그곳에는 복사꽃, 오얏꽃, 살구꽃이 피었는데 복사꽃은 이제 막 피었고 오얏꽃은 아직 이르며 살구꽃은 한창 만발해 있다. 살구꽃 향기가 멀리멀리 길손의 술 생각을 부추기는데, 높이 솟은 살구나무엔 酒家(주가)라는 깃발이 매달려 있다. '꽃나무 높이 걸린 주기酒旗'는 술집임을 알리는 광고판. '주기'만을 보고도 침이 넘어간다. 그 집의 술맛이 유별나게 좋아서 아마 한 번 찾아가면 쉬 잊지는 못할 거라며 목동은 변죽부터 늘어놓았을 것이다.

다음은 권필의 연작시 '홀로 술을 마시며 짓다'는 작품 3편 가운데 두 번째 시이다.

봄비가 안개처럼 소록소록 내리니
좋은 꽃이 가지에 가득 피었어라
홀홀히 앉아 계절 변화에 느꺼워
홀로 무료해 술을 따라 마신다
온종일 남쪽 창 아래 누워 있자니
눈길을 들면 좋은 시가 많아라
인생은 모쪼록 뜻에 맞게 살아야지
어디에 얽매여 살아 무엇 할 건가
마음을 같이하는 이에게 이르노라
은거하자던 약속 저버리지 말게나
평생 술에 맡겨 깨고 취하리
남들은 나를 어떤 사람으로 알까

春雨細如霧

好花開滿枝
忽忽感時物
獨酒聊自私
竟日臥南窓
擧目多好詩
人生貴適意
局束欲何爲
寄語同心子
莫孤林下期
百年任醒醉
人知我是誰

　권필이 마시는 술은 핑계일 뿐, 이 시는 봄날의 소묘라 해
야 더 어울릴 것이다. 이 시에도 어김없이 비가 내렸다. 언제
든 비는 술을 부른다. 비 내리는 날에 마시는 술은 왠지 입에
더 잘 붙는다.

　비는 매화를 가득 피워주고 떠났다. 밖으로 나가 흐드러진
꽃을 보자니 시름이 두려워 나설 수도 없다. 창문 너머로 흘
끔흘끔 엿보며 술에 젖는다. 어디에 속박되지 않고, 그저 자

유인으로서의 삶을 이런 곳에서 마치고 싶다는 조용한 외침이리라. 평생 깨고 취하며 술에 맡기고 산다면 취선醉仙의 경지에 들 것이고, 남이 뭐라 하건 그렇게 살고 싶다는 뜻이다. 꼭 그 집뿐이랴. 어느 곳에 있든, 술은 영원히 가질 수 없는 것이기에 잠시 빌리는 것 아닌가.

　권필의 이 시는 그냥 겉으로 보면 권주가처럼 받아들일 수 있다. 그러나 시인은, 세 번째 연에서 늙어서 후회하지 않도록 시간을 아껴 쓰라고 주문한다. '홍안 시절 아껴서 즐겁게 놀 때를 잊지 말라'는 선인의 가르침. 아마도 자신이 젊은 날 전국을 유랑하면서 세월을 허비한 데 대한 회한을 떠올렸음인가. 이 대목에서 '너의 가장 큰 죄는 시간을 허비한 것'이라는 대사가 나오는 영화 빠삐용의 한 장면이 떠오른다.

　소싯적에는 명절 오길 기다리며
　늘 세월이 더디 간다 원망했는데
　어른이 되어서는 늙을까 염려하여
　세월이 빠르다고 앉아서 한탄한다
　부디 노력하여 홍안 시절 아껴서
　즐겁게 놀 때를 잊지 마시라

눈앞에선 스스로 깨닫지 못하다가
후일에 가서 스스로 슬퍼하게 되지
그 누가 귀천이 다르다고 하였는가
귀천을 막론하고 모두 이 같은 것을
그저 원하느니 백 년 평생 안에
술 있으면 부지런히 서로 권하자오

少也待佳節
長恨日月遲
及壯念衰老
坐嘆年光馳
努力愛紅顏
莫忘歡樂時
眼前不自覺
後來徒自悲
孰云貴賤殊
貴賤豈若斯
但願百年內
有酒勸相持

권필은 시간 속에서는 귀한 것과 천한 것이 다르지 않다고 역설한다. 죽음 앞에서 사람은 누구나 같지 않은가. 그러니 시간을 아껴 쓸 것을 주문한다. 어려서는 시간이 늦게 감을 탓하다가 다 자라 성인이 된 뒤에는 시간이 빨리 감을 원망하는 우리네 인생을 말하고 있다. 다 알고 있는 내용이지만, 누구나 시간을 아껴 쓰는 일에는 철저하지 못하다. 죽음에 이르러서야 시간을 헤프게 쓴 자신을 탓하며 슬퍼하게 되는 우리네 삶에서 '시간은 절약하고 술은 나누자'는 주문을 하고 있는 것이다. 자신의 삶을 철저하게 관리하며 시간을 천금 쓰듯이 아껴 사는 사람들은 말한다.

"돈을 빌려줄 순 있어도 시간을 빌려줄 수는 없다."

　이쯤에서 우리네 인생을 잘도 표현한 정약용의 시를 더 보고 가는 게 좋겠다.

　늙음은 피할 수 없고
　죽음도 피할 수 없어
　한 번 죽으면 다시 나지 못하는

인간 세상을 하늘로 여기다니

無可奈何老

無可奈何死

一死不復生

人間天上視

실타래처럼 얽혀있는 눈앞의 일들

제대로 된 것 하나 없고

딱히 정리할 수도 없으니

생각하면 내 마음만 아프네

紛綸眼前事

無一不失當

無緣得整頓

撫念徒自傷

마음은 몸을 부리는 상전이라고

도연명도 스스로 말했는데

백 번 싸워 백 번을 지니

내가 봐도 어찌나 못났는지

以心爲形役
淵明亦自言
百戰每百敗
自視何庸昏

　하나의 생명으로 태어났으니 생로병사의 굴레를 벗어날 수 없다. 인간 세상을 천국으로 여기고 살고 있으나 제대로 되는 일이 없는 인생사. 도연명은 '몸은 마음이 시키는 대로 할 뿐'이라면서 마음으론 백 번을 싸워 백 번을 이기겠노라 외쳐도 백전백패.

"난 참 못난 인간인가 봐!"

　살다 보면 누구나 가끔은 나 스스로 못났다고 생각될 때가 있다. 그런 경우엔 너무 심각하게 고민할 일이 아니다. 빨리 그 상황에서 벗어나 잊는 것이 좋지 않겠는가.
　그는 또 다른 시에서 범과 이리가 입술에 붉은 피를 가득 묻히고 여우 토끼를 잡아먹는 상황을 설정해놓고, 제 살과 피를 내어주는 토끼 여우를 인자하다고 말하는 이들을 내세워 그가 정작 나타내려 한 뜻은 약육강식의 세상에서 여우 토끼가 되어 사는 인간의 모습이다.

범과 이리가 양을 잡아먹고
붉은 피와 기름기 입술 가득
범과 이리의 당당한 위세에
여우 토끼 인자하다 칭송하네
虎狼食羊羖
朱血膏吻脣
虎狼威旣立
狐兎贊其仁

하늘이 있어 내 머리 들 수 있고
땅이 있어 발 디딜 수 있으며
물이 있고 곡식도 있으니까
내 스스로 배는 채울 수 있네
有天容我頂
有地容我足
有水兼有穀

自來充我腹

부귀는 오직 하나의 꿈
불행 또한 한낱 꿈이지
꿈 깨면 그뿐이어라
세상 모든 게 장난인 것을
富貴固一夢
窮厄亦一夢
夢覺斯已矣
六合都一弄

세상 걱정 하나하나 따져보면
처자식 걱정이 그중에 제일이지
누가 알겠는가, 집 나온 사람이
이렇게 호탕하게 놀고 있는 걸
歷數世間累
妻挐居上頭
誰知出家者
浩蕩成玆遊

그래도 호기롭게 살 것을 정약용은 주문하는 듯하다. 그래서 그는 견우십이장遣憂十二章(근심을 보내다)이라는 시의 4장에서 이렇게 갈파하였다.

"부귀도 한바탕 꿈이오, 곤궁함과 재앙 모두 똑같이 꿈이로다. 꿈에서 깨고 나면 그뿐인 것을."(富貴固一夢 窮阨亦一夢 夢覺斯已矣)

그러나 정약용이 간과한 게 있다. 짧지 않은 인생인데, 긴 악몽을 꾸어서야 얼마나 인생이 지긋지긋하겠는가.

권필의 '꿈속에 짓다'(『석주집』)라는 시에는 '음력 9월 4일 밤, 꿈속에 어떤 집에 들어가니 연못과 관사館舍가 매우 아름답고 살구꽃이 흐드러지게 피었다. 그 관사의 주인이 술상을 차려 놓고 시를 요구하였다.'는 설명이 붙여져 있다.

그대 집의 좋은 술은 호박빛으로 빛나고
살구꽃은 땅에 떨어져 봄바람에 향기로워라
묻노니 그대 이를 보고 어이 술 마시지 않는가
술 마시지 않으면 사람의 간장이 끊어지느니

그대는 보지 못했는가

백량대 동작대에 가시나무 우거졌나니

세상사는 돌고 돌아 예측할 수 없어라

인생 늙으면 어찌 젊어질 수 있으랴

천금 아끼지 말고 한 번의 웃음을 사라

君家美酒琥珀光

杏花撲地春風香

問君對此胡不飲

不飲只令人斷腸

君不見

柏梁銅雀生荊棘

世事回環不可測

人生老去寧再少

莫借千金買一笑[1]

누구인지는 몰라도 권필의 시적 재능을 익히 들어서 알고

---

1) 송(宋) 나라 황공도(黃公道)의 시에 '비 온 뒤의 봄놀이'(雨後春遊)에 "천금을 아끼지 말고 한 번 웃음을 사라"(莫借千金買一笑)라고 하였으니, 그 싯귀를 빌려 쓴 것이다. 천금을 아끼지 말고 한 번 즐겁게 놀라는 의미이다.

있었기에 술상을 차리고 시를 청한 게 틀림없다. 백량대柏梁臺는 중국 전한 시대 무제武帝(기원전 141~87)가 장안長安(=西安)에 지은 누대이고, 동작대는 조조가 세운 누대이다. 둘 다 당대의 뛰어난 문인들을 모아 시를 짓게 하던 곳이다.

다음은 명나라 초기에 살았던 섭자기葉子奇라는 사람이 지었다고 전하는 시이다. 참고로, 葉은 나뭇잎을 의미할 때는 '엽'으로 읽지만 성씨로 쓸 때는 '섭'으로 읽는다.

공명과 부귀 둘 다 잃었으니
앞으로 남은 인생 한 잔 술로 보내리
여러 종류 좋은 꽃 삼백 가지 심었더니
낮은 울타리에서 사시사철 향기롭네

功名富貴兩亡羊
且盡生前酒一觴
多種好花三百本
短籬風雨四時香[2]

2) 『청장관전서』 제35권 청비록 제4권

시인이 잃은 게 공명과 부귀 두 가지라고 했으나 실제로는 네 가지다. 부와 귀는 각기 다른 것이니까. 또 그것을 잃은 것이 아니라 스스로 내던진 것이다. 그가 심은 꽃 삼백 가지는 말이 그렇다는 것일 뿐, 실제로는 여러 가지를 많이 심었다는 뜻이니 사철 꽃을 보지 못하는 때는 없겠다는 이야기이다.

　한 잔 술에 안주는 울타리 밑의 꽃향기이겠지. 부귀와 명예를 뒤로 하고 애써 꽃을 가꾸며 사는 소박한 삶과 달리, 읽으면 절로 힘이 솟고 흥이 나서 한바탕 취하고픈 욕심이 나는 시가 있다. 이백李白(701~762)의 월하독작月下獨酌이다. '달빛 아래서 혼자 술을 마시다'는 시의 제목 그대로 술 마시는 공간부터 낭만적이다.

　　꽃 사이에서 한 동이 술을

　　친구 없이 혼자서 마신다

　　잔을 들어 밝은 달을 맞아

　　그림자 마주하니 친구 셋이 되었네

　　달은 술을 아예 마시지 못하니

　　그림자만 부질없이 나를 따라다니네

잠시 달을 벗하여 그림자 거느리고

즐거움 누리며 봄에 이르리

내가 노래하면 달도 따라 배회하고

내가 춤추면 그림자도 덩실덩실 춤을 춘다

깨어서는 함께 서로 기뻐하고

취한 뒤에는 각자 나누어 흩어진다

정에 매이지 않는 사귐을 영원히 맺어

저 멀리 은하수에서 서로 만나기로 하자

花 間 一 壺 酒

獨 酌 無 相 親

擧 杯 邀 明 月

對 影 成 三 人

月 旣 不 解 飮

影 徒 隨 我 身

暫 伴 月 將 影

行 樂 須 及 春

我 歌 月 徘 徊

我 舞 影 零 亂

醒 時 同 交 歡

醉后各分散
永結無情游
相期邈雲漢

　술 가운데 가장 맛이 있으면서 제일 쓰고도 독한 술이 독작獨酌이란 말이 있다. 그래서일까? 이웃나라 일본인들의 유행가 가사에는 유난히 히토리자케(ひとり酒, 혼자 마시는 술)가 많다. 하여튼 친구 없이 혼자 잔을 들어 달과 함께 기울이는 술잔. '잔을 들어 밝은 달을 맞으니 그림자와 더불어 셋이 되었다'(擧杯邀明月 對影成三人)고 하여 달과 이백, 이백의 그림자 세 가지가 어울린 모습을 마치 그림을 보여주듯 묘사하였다. 그리고 '내가 노래하면 달도 따라 배회하고 내가 춤추면 그림자도 덩실덩실 춤을 춘다'고 하여 그 기쁜 취흥醉興을 한껏 고조시키고 있다. 이백이 던진 이야기 가운데 귀에 꽂히고, 가슴에 새겨지는 구절은 '서로 영원히 사귀어도 정은 갖지 말자'는 것이다. 서로 사귀면서 정이 붙지 않을 리야 있겠는가. 한 번 붙은 정은 어찌나 떼기 어려운지, 매정하게 돌아설 수 없으니 애당초 정일랑 갖지 말았으면 한다는 염원을 실은 역설적인 표현으로 이해하면 되겠다. 하늘에서 유배형

을 받고 인간세계로 내려온 신선이라 해서 이적선李謫仙이라는 이름으로도 불린 천상의 시인 이백. 그 기백과 용기와 사내다운 흥취를 시에서 고스란히 읽을 수 있고, 시를 음미하다 보면 어느새 그 시에 취하게 된다.

술에 관한 시로서 우리네 인생을 다시 곱씹게 하는 권주가 한 편을 더 보기로 하자. 중국 송나라 때의 문인 장영張詠(946~1015)이 지은 권주석별勸酒惜別이다. '술을 권하며 아쉬운 이별을 하다'는 뜻인데, 이 시에는 정신이 번쩍 들게 하는 내용이 있다.

봄날의 해는 푸른 허공을 느릿느릿 굴러가고

파란 버들가지, 빨간 살구꽃이 봄빛을 그려낸다

인생 젊은 나이 두 번 다시 오지 않으니

청춘을 헛되이 던져버리지 말라

그런 걸 생각하고 사람들 놀라게 해도 안 될 일

마음엔 만 가지 한과 천 가지 시름이 함께 있네

오늘 꽃을 찾아 비로소 마음껏 술을 마신다만

좌중에 떠나갈 손님 있으니 이별의 정에 괴로워

(이하 생략)

春日遲遲輾空碧
綠楊紅杏描春色
人生年少不再來
莫把青春枉拋擲
中有萬恨千愁幷
今日就花始暢飮
坐中行客酸離情

이 시인 또한 그놈의 정 때문에 괴로워하고 있다. 그가 말한 이야기 가운데 핵심을 추리면 3행과 4행을 요약하여 다음과 같이 정의할 수 있겠다.

"다시 못 올 이 청춘 헛되이 던져버리지 말라."

그러나 그것이 어찌 청춘에게만 해당하는 말이겠는가. 중년도, 노년도 다 마찬가지이건만 돈보다 시간을 아낌없이 쓰는 이들을 보면 안쓰럽다.

정약용은 1801년 3월 경상도 장기현 마산리로 귀양을 갔다. 그런데 그해 10월 조카사위 황사영의 백서사건으로 정약용은 다시 서울로 압송되었다. 곧 백서사건과는 관련 없음이 밝혀졌으나 전라도 강진으로 다시 유배되었다. 음력 11월, 정약용은 바닷바람도 찬 강진 땅, 동문 밖 주막집에 이르렀다. 그곳 사람들은 두려워하여 아무도 그를 만나려고 하지 않았다. 그로부터 4년 후인 1805년 아들 학연學淵이 유배지로 찾아왔으나 다산은 아들의 숙식을 해결해줄 만한 처지가 아니었다. 이 기막힌 상황에서 정약용은 아들의 손을 잡고 보은 산방寶恩山房으로 가서 딱한 사정을 이야기하고 밥을 구걸할 수밖에 없었다. 그때 도움을 준 이가 혜장선사惠藏禪師(1772~1811)이다. 혜장선사와의 교분은 그에게 특별하였다. 정약용은 강진이란 궁벽한 곳에서 18년 동안 술 한 잔도 마음 놓고 마시지 못하는 유배살이를 하면서 해남 두륜산 대흥사의 승려들과 교류하였고, 그들과의 자연스런 사귐은 많은 일화를 남겼다.

보은산방에서 아들과 함께 겨울을 보내던 때, 다산은 다음 시[3]로써 아들에게 인생을 가르쳤다.

---

3) 학가래휴지보은산방유작(學稼來携至寶恩山房有作)이라는 제목의 시이다.

인생이란 약한 풀과 같은 것

금세 몸은 쇠잔해지노라

풀잎 이슬처럼 해 뜨면 마르는 걸(草露一朝晞)

아는 자 그 누구이랴!

　인생은 약한 풀과 같고 사람의 수명은 풀잎에 맺힌 이슬처럼 잠깐 왔다 가는 것이니 오고 가는 그 사이에 무슨 일을 할 것인가, 어떻게 살 것이며 가치 있는 삶은 무엇인가를 아들에게 가르친 다산의 계행시啓行詩라고 하겠다.

　이로부터 조상들은 우리네 삶을 초로인생草露人生이라 하여 한 가지 뚜렷한 목표를 정하고 그것을 이루기 위해 매진하는 삶을 강조하였으니 이런 삶의 자세가 오늘에 바뀐 것이 있는가.

　참고로, 고려 말 목은 이색에 관련된 이야기 하나를 더 하고 가야겠다. 그 아버지 가정稼亭 이곡李穀(1298~1351)이 아들 이색에게 보낸 시가 있다. '공자가 태산에 올라서 천하가 작다'고 한 말을 떠올리고, 아들 이색이 학문을 게을리하지 말고 열심히 노력할 것을 주문한 내용인데, 음미해볼 만하다.

남자는 모름지기 제도에서 벼슬을 해야 한다
자신을 세우려면 두루 노력을 해야 하느니라
너는 공자가 천하가 작다고 한 말을 기억하라
공자 자신이 태산 정상에 올랐던 까닭이다.

男兒須官帝王都
若欲致身均是勞
汝識宣尼小天下
只緣身在泰山高

이 시에서 제왕도帝王都는 원나라 때의 북경 즉, 대도大都
를 일컫은 이름이다. 목은 이색은 아버지와 마찬가지로 북경
에 가서 유학을 하고 돌아왔다. 고려 충숙왕 15년(1328)에 태
어나 조선 태조 5년(1396)에 죽었다.

고려인 문강공文康公 윤언이尹彦頤(1090~1149)라는 사람
이 있었다. 권력도 재산도 있을 만큼 있었고, 누릴 만큼 누렸
다. 그런 그가 늘 힘썼던 것이 불교의 참선이었다. 만년에는
더욱더 좌선坐禪에 힘쓰느라 벼슬을 그만두고 영평군鈴平郡
금강재金剛齋에 은거하면서 스스로 금강거사金剛居士라고
불렀다. '거사'란 재가불교도를 이르는 말. 굳이 사찰을 찾지

않아도 생활 속에서 불교를 깨닫고, 실천하려는 이를 가리킨다. 매번 그는 길을 갈 때마다 황소에 걸터앉아 타고 가니 사람들이 그를 모두 알아보았다. 그러다가 언젠가 중 혜소慧炤의 제자 관승선사貫乘禪師와 친구가 되었는데 두 사람이 서로 마음이 맞아 매우 기뻐하였다. 당시 관승貫乘은 광명사光明寺의 주지住持로 있으면서 풀로 지붕을 이은 암자를 짓고 앉아서 말하기를 "먼저 가는 자는 이곳에 앉아 있으면 죽어서 변전變轉한다"고 하였다. '변전'이란 죽어서 다른 것으로 변한다는 것이니 윤회와 다른 말이 아니다.

어느 날 윤언이는 소를 타고 관승에게로 가서 식사를 같이 했다. 조금 있다가 말하기를 "내가 죽을 날이 멀지 않았소. 작별을 고하러 왔을 뿐이오." 하였다. 말을 마치고 곧장 돌아가는데 관승은 사람을 시켜 그 뒤를 따르게 하고 풀로 지붕을 인 암자에서 전송을 하였다. 그러자 윤언이가 보고 웃으며 말하기를 "선사는 약속을 저버리지 않으셨소. 나의 갈 길은 결정되었소이다." 하고 갑자기 붓을 들어 게송偈頌을 써서 말했다.

봄이 다시 가을로 바뀌니

꽃이 피고 잎이 떨어진다

동쪽이 다시 서쪽이 되니

조물주를 잘 섬기는구나

오늘 길을 가는 도중에

이 몸을 돌이켜 보라

끝없이 길고도 먼 하늘에

한 조각 한가로운 뜬구름

春復秋兮

花開葉落

東復西兮

善養眞君

今日途中

反觀此身

長空萬里

一片閑雲

"쓰기를 마치고 암자에 앉아서 죽으니 당시 벼슬하지 않은
고결한 사람과 계행戒行을 지키는 사람은 슬퍼하고 우러러
사모하지 않은 이가 없었다."(『보한집』)

선문답 같아서 도무지 헷갈리건만, 다만 하나 또렷하게 알수 있는 구절은 "오늘 가는 길에 자신을 돌아보라."(今日途中反觀此身)고 한 말이다. 위 시에서 4행에 이르기까지는 계절의 순환과 세월의 흐름을 이야기하였다. 시에 표현한 긴 이야기의 핵심은 '오늘 가는 길에 스스로를 돌아보라'는 것과 수유 간을 사는 우리네 삶이 한 조각 구름(人生如浮雲)이라는 점이다. 무엇을 위해, 어떻게 살아야 할지를 생각하게 하는 말이기에 정신이 번쩍 든다. "바빠서 시간 없다"고 아우성치면서 하루하루를 산 흔적을 대체 어디에 남겼으며 인생길을 가며 나 자신을 돌아본 날이 얼마나 되는가.

고려인 이중승李中丞은 호를 충건忠謇이라 하였다. 그는 윤언이를 좋지 않게 말하였다.

"윤언이는 신분이 재상으로서 명망이 높고 뭇 사람이 모두 우러러보았으며 비록 늙어서 벼슬에서 물러났으나 오히려 나라의 풍속을 염려하였고, 더욱 절개를 지키는데 힘써서 그것을 후인에게 보였다. 그런데 도리어 불교를 행하게 하였고, 이로써 성인의 교화를 해쳤다. 그래서 괴상한 풍습이 이로부터 시작될까 두렵다."(『보한집』)

    윤언이가 불교를 믿었고, 절간의 승려와 가까이 지낸 것을 좋지 않게 말한 것이다.

    고려 시대에는 본래 유학자로서 불교를 믿으면서 그 스스로를 거사居士라고 부른 사람들이 꽤 많이 있었다. 그들은 유불의 경계를 짓지 않았다. 그렇다고 이런 이야기들이 우리를 기운 빠지게 하는 불가의 허망한 이야기만은 아니다. 그들 역시 우리네 인생을 뜬구름이라 해서 부운浮雲 또는 편운片雲, 한운閑雲 등으로 표현하면서 덧없는 인생을 말하고 있는 것이 유가儒家의 문인들과 다르지 않았다. 그러나 그들은 그것을 굳이 애상·비탄·절망·비관의 시선으로 보기보다는 관조적으로 바라보고 있다. 삶에 대한 긍정적 자세는 잃지 않고 있는 것이다. 그러면서 그들은 인생의 합목적성을 찾아내어 제대로 살아가라는 가르침을 주고 있다.

    그 말처럼 매일 우리는 자신을 돌아보며 하루하루를 살아야 할 것 같다. 유가나 불가를 따지기 전에 이 시는 우리 삶의 이정표를 바르게 제시한 것이 아닌가? 그럼에도 윤언이가 불교를 믿어 유교를 그르쳤다고 한 그 시대 사람들의 의식은 한 마디로 껍질에 갇힌 고치와 같았다고나 해야겠다.

조선 시인 노계 박인로의 절친한 친구였던 정연길. 그 또한 고즈넉한 산속 냇가 근처에 아늑한 초당 하나를 짓고, 안분安分 자족自足하며 살았다. 박인로는 그런 친구의 모습을 있는 그대로 담아냈다. 세상일을 멀리하고 산에 틀어박혀 소박하게 살고 있음을 부러워한 것일까? 박인로의 시 '정연길의 유거'(鄭公延吉幽居)이다. '정연길이 사는 아늑한 집'이라는 뜻이다.

물을 좋아하더니 또 산을 좋아하여
푸른 산 가까이 초가집을 지었네
마음 기꺼워 세상일에 생각 없으니
스스로 산 늙은이 되어 산을 나가지 않네
樂水年來又樂山
爲開茅屋近靑山
甘心守拙無塵慮
自作山翁不出山

큰 소나무 옆에 초가집 몇 칸 지으니

유월에도 구월 바람이 불어오네

울창한 푸른 솔잎 늘 눈앞에 있으니

봄 여름 가을 겨울 가는 줄 모르겠네

數間茅屋依長松

六月猶存九月風

鬱鬱蒼髯常在目

不知春夏與秋冬

　일찍이 공자는 "지혜로운 사람은 물을 즐기고(智者樂水지자
요수) 어진 이는 산을 좋아한다(仁者樂山인자요산)"고 하였다.
나아가 이로부터 '어진 이는 오래 산다' 하여 '仁者壽(인자수)'
라는 말도 생겼다. 친구 정연길이 언젠가는 물을 좋아하더
니 이제 다시 산을 좋아하여 청산에 새로 초가집을 지었다.
그런데 그는 집을 '지었다'고 하지 않고 '초가집을 열었다'고
표현한 것이 마음을 끈다. 큰 소나무 옆에 지은 초가집. 그것
도 한두 칸이 아니다. 산옹山翁(산에 사는 늙은이) 혼자 사는 곳
에 따로 지었으니 그곳은 필시 비어 있을 터. 소나무 옆이라
한여름에도 시원한 솔바람이 부니 세월도 잊을 만한 곳이다.
초가집을 여러 칸 짓고, 그 집을 '열어 두었다'고 한 것은 무

슨 까닭일까? 닫혀있는 집이 아니라 '열린 공간'임을 강조한 것이다. '초가집을 열다'(開茅屋)고 하여 열 開 자를 쓴 까닭은 누구에게나 열린 집, 마음의 집을 열어두었다는 뜻이다.

정연길은 세상일에는 아무런 뜻이 없다. 시에 나타난 대로 세상 밖, 산과 물이 있는 곳에 사는 것이 얼마나 마음에 기뻤는지 '그 마음이 달다'는 뜻에서 감심甘心이라고 표현하였다. 이 모두가 스스로 만든 환경이다. 세상일에 관심 없고, 물이 있는 산속 초가집에 사는 게 기껍다. 그것은 산을 지키는 늙은이가 되어 산을 나가지 않으리라는 다짐이기도 하다.

시는 단순한 경물을 읊는 것만이 아니라 작자의 의도와 뜻을 전달하는 데 있다. '정연길의 유거'를 통해 노계 박인로는 이허수인以虛受人의 심오한 철학을 말하고 있는 것이다. 즉, '마음을 비워 사람을 받아들인다'는 자세이다. 큰 소나무는 아마도 정연길의 인품을 대신하는 것일 테고, 욕심 없는 빈산에 큼직한 초가는 누군가 들어올 수 있게 비워두는 '비움의 미학'을 빗댄 것으로 볼 수 있다. 여기서 '누군가'는 이 시를 읽는 모든 이이다.

만나보면 바늘도 들어갈 수 없을 만큼 빈틈이 없어 보이는 사람이 있다. 조금도 남에게 곁을 내주지 않고, 자신의 허물을 눈꼽 만큼도 인정하지 않으려는 이다. 또, 잘난 체도 제법 한다. 그런 사람일수록 허물이 있고 허점이 많다. 상처가 깊은 영혼이기에 자신을 지키려는 방어본능에서 그러는 수가 더러 있다. 그런 사람들은 가시를 한껏 세운 고슴도치처럼 보인다. 나를 비워야 곁에 사람이 다가올 수 있고, 친근하게 머물 수도 있는 법. 그것이 '이허수인'이란 마음가짐이다. 서정주 시인의 "이제는 돌아와 거울 앞에 선 내 누님 같은 꽃이여"(국화 옆에서)라고 표현한 사람이 바로 웬만큼 풍상을 겪고, 겨드랑이 품이 넉넉해져서 곁에 있어도 푸근한 맛을 안기는 사람 아닐까? 그렇게 이해하고 싶다.

손곡 이달(1539~1612)의 다음 시는 송홧가루 쏟아지는 늦봄의 산사를 그리고 있다. 절을 찾는 사람은 없고 구름만 지나가며 절을 엿본다.

절은 흰 구름 가운데 있고
스님은 흰 구름을 쓸지 않네
손님 와야 비로소 문 열리고
골짜기마다 송화가 늙어간다
寺在白雲中

白雲僧不掃
客來門始開
萬壑松花老

  이달의 시라고 하기엔, 잘 그린 한 폭의 그림을 보는 듯하다. 수만 그루 소나무로 뒤덮인 산. 그 속에 있는 사찰 주변엔 송홧가루가 자욱한 먼지처럼 쏟아지고 있다. 누구도 그 송홧가루를 쓸어낼 생각이 없다. 이따금 절을 찾는 손님이 오면 그제야 비로소 문이 열린다. 골짜기마다 송홧가루 날리는 늦은 봄날의 풍경을 마치 나와는 상관없는 일로 그리고 있지만, 결코 시인(화자)은 물론, 시를 읽는 이마저도 그 경치 밖으로 벗어나 있지 않다. 송화가 늙어간다는 것은 화자도, 이 시를 읽는 이도 함께 느끼도록 설정한 하나의 장치이다. 나 자신이 늙어가는 사실을 송화가 늙어가는 것에 비유한 것으로 볼 수도 있다. 이 시를 보면 박목월의 시가 떠오른다.

  송홧가루 날리는
  외딴 봉우리
  윤사월 해 길다

꾀꼬리 울면

산지기 외딴 집

눈 먼 처녀사

문설주에 귀 대고

엿듣고 있다.

인적 드문 전원에 깃들고 싶다

살 만큼 살아서 세사에 찌들고 몹시 지친 이라면 50대 이후 노년의 삶을 조용히 살아가고파 전원을 찾는다. 그뿐인가. 도시인이면 누구나 전원의 삶을 꿈꾼다. 몸과 마음이 지쳐 인적 드문 곳을 가고 싶어 하는 것이다. 사람이 너무 많아서 사람이 귀한 줄 모르는 시대에 살면서 느낀 것 하나는 굳이 산이 아니어도 좋고, 바닷가 호젓한 곳이 아니어도 좋다. 다만 조용하고, 사람 적은 곳, 차 소리 들리지 않는 곳이라면 어디라도 좋다는 마음이다. 그러나 어디 일터를 떠나 안온한 곳에만 오래도록 머물 수 있을까. 한가로이 살고 싶은 마음이야 누구에게나 있지만, 그것을 실현하려면 때로는 모진 결단이 필요할 것이다. 많은 것을 포기할 줄 알아야 할 것이기에. 복잡한 곳을 떠나 단순한 환경을 찾으려면 현대문명이 주는 혜택도 적은 곳이 좋겠다. 이관명李觀命의 '한거閑居'란 작품은 말 그대로 '한가로이 사는' 시인의 모습을 가감 없이 드러내고 있다.

세 줄기 물과 가까이 마주한 대문

해거름의 바닷물 소리 메아리지고

바다에선 뭉게구름 피어오르네

안개비 산을 머금어 고요하여라

풀빛은 계단 섬돌 위로 솟아나고

이끼 그림자 어른어른 문에 비치네

으슥한 곳이라 아무도 오지 않으니

홀로 앉아 이 한가로움 차지하였지

門對三河近

潮聲薄暮還

溶溶雲出海

漠漠雨含山

草色凌階上

苔紋映戶斑

幽居人不到

獨坐占淸閒

이관명은 일찍이 자신의 거처를 제대로 찾았다. 아무도 찾아올 이라고는 없는 곳에 홀로 사니 무엇 하나 얽매일 일이 있겠나. 그 또한 호연지기浩然之氣라 할 만한 삶이다.

이관명은 숙종 24년(1698)에 과거시험(문과)에 합격하여 홍문관에 재직하였다. 홍문관에서 당직을 서고 있는 날, 동생 이건명이 강화유수로 선발되어 숙종을 만난 뒤, 홍문관 앞을 지나갔다. 동료가 웃으며 말하기를 "동생이 재상의 품계로 올라갔는데 형은 아직도 여기서 당직을 서고 있으니 먼저 태어났으면서 운수는 어째 뒤졌다는가?"라고 하자 이관명의 답은 이랬다.

"우리들이 아무것도 한 게 없는데 관직만 맡고 있으니 이 자리가 자손의 영광이라 하겠으나 장례 지낼 때 명정銘旌[1]에 쓰일 뿐이다. 내 홍문관 교리 직책이 강화유수보다 못할 게 있는가?"

1722년(경종 2)에 동생 이건명이 죽임을 당하고 이관명도 평안도 덕천에 유배를 갔다. 삼베옷 차림에 패랭이를 쓰고 매일 관아 뜰을 청소하였다. 날마다 관아에 나와서 하루 종일 관아 문을 지키면서 군수가 그만두라고 해도 말을 듣지

---

1) 죽은 이의 관직이나 성명 등을 글씨로 적은 붉은 천. 이것으로 관을 덮어 운구를 한다.

않고 부지런히 일을 하였다. 영조가 들어서면서(1725) 유배에서 풀려나 돌아와 영의정과 좌의정을 맡았다.

회재晦齋 이언적李彦迪(1491~1553)은 서경덕·조광조·이황·율곡 이이 등과 어깨를 겨루는 조선의 이름난 유학자였다. 이들은 모두 산림山林이나 처사處士를 자처하였다는 공통점이 있다. 이언적이 산에서의 삶을 노래한 시 두 편. 먼저 '산사에서 즉흥적으로 읊다'[山堂卽事산당즉사]²⁾는 산가山家의 평온한 아침을 잔잔하게 그리고 있다.

산사에서 깊은 잠에 취했더니
새벽 창에 산색이 가득하다
그윽한 숲속 새가 지저귀고
바람에 제비 가볍게 빗겨 난다
저녁 안개에 싸인 푸른 봉우리
아침노을에 잠긴 깊은 골짜기
이 산속 정취 누가 알고 있으랴
구름이 한가로이 고개를 지나네

---

2) 『회재집(晦齋集)』에 실려 있다. 『회재집』은 1631년(인조 9)에 경주 옥산서원(玉山書院)에서 간행되었다.

禪房高枕穩
山色曉窓多
林底幽禽語
風中輕燕斜
翠巖留宿霧
深峽鎖朝霞
誰識此中趣
閑雲嶺上過

　산사에서 자다가 새벽 어스름에 창 너머로 넘겨다 본 산. 짙푸른 숲으로 그윽하다. 아침이 되자 새가 지저귀고 은근한 바람에 제비가 빗기어 난다. 엊저녁부터 하룻밤을 머무른 안개가 푸른 봉우리를 에워싸고 있고, 골짜기는 아침노을에 푹 잠긴 듯하다. 안개비가 내린 뒤로, 흔히 볼 수 있는 풍경이다. 한가로운 산사山寺에서 세속의 욕망을 모두 털어낸, 무욕의 삶을 그렸다.

　그러면 절에서 자는 맛은 어떨까? 우거진 숲이 예전 같지는 않지만, 남양주시 광릉에 있는 봉선사에서 자본 느낌을 적은 17세기의 시인 이단상李端相(1628~1669)의 야이기를 들어보면 좋겠다. '늦봄 광릉 봉선사에서 자다'[暮春宿光陵奉先寺]라는 제목의 시이다.

새벽꿈 맑은 경쇠 소리에 일어나니
절집의 빈 주렴에는 봄이 가득하다
어두운 등불에 외로이 앉아있는 부처
지는 새벽달 홀로 돌아오는 이 있어
숲속에서 말은 떨어지는 꽃을 밟는다
아침에 내린 풀잎이슬에 옷이 젖는다
앞 개울에 흐르는 물이 흐느껴 운다
나그네 여기 자주 오라고 호소하듯이
曉夢回淸磬
空簾滿院春
暗燈孤坐佛
殘月獨歸人
馬踏林花落
衣沾草露新
前溪嗚咽水
似訴客來頻

지금은 조용한 맛이라고는 전혀 없는 어수선한 절이 되었지만 30~40년 전만 해도 광릉 봉선사는 숲이 아름답고 조용한 절이었다. 이제는 버린 곳이 되었지만, 조선 시대엔 마치 선경이었을 것이다. 시에서 느끼는 분위기가 어쩐지 사람의 자취는 분명히 있건만, 호젓하다. 그래서 그 당시엔 새벽녘 산사와 주변의 조용한 경치가 왠지 템플스테이(Temple-stay)를 해보고 싶게 만드는 곳이었을 것이다.

회재晦齋 이언적李彦迪(1491~1553)의 '산속에서 즉흥적으로 읊다'[山中卽事산중즉사] 역시 산중에서의 삶을 노래한 것이니 앞의 시와 크게 다를 것은 없다. 산에 들어간 뒤에도, 그리고 이 시를 쓰는 동안에도, 회재는 아무런 생각이 없다. 그저 눈에 들어온 산속의 모습을 세세하게 그릴 뿐이다. 그가 산을 찾아갔을 때는 비가 그친 뒤였다. 이곳저곳 계곡에는 냇물이 콸콸 흘러내린다. 그야말로 '온갖 골짜기의 물이 서로 다투어 흐르는 만학쟁류萬壑爭流'이다. 회재는 '산속 초당의 난간에 기대어 무릎을 끌어안고 시를 읊는다'는, 이른바 포슬장소抱膝長嘯의 경지를 그리고 있는 것이다. 그러나 이언적은 거기서 한 걸음 더 나아가 시도 짓지 않고, 애써 무엇인가를 이루려는 시도조차 포기한다. 무위無爲 속에서 무념 그리고 무욕의 삶을 추구하는 것이다. 그리하여 스스로 유유자적한다. 그래서 이언적은 '자적自適'에서 말한다.

만물은 변하여 일정한 형태가 없지
이 몸 한가히 스스로 때를 따르며
근래 점점 이루려 애쓰는 힘 줄어
푸른 산 오래 대하고 시도 짓지 않아
萬物變遷無定態
一身閒寂自隨時
年來漸省經營力
長對靑山不賦詩

도시에서의 삶은 늘 시끄러웠다. 그 시끄럽고 소란한 것을 평생 싫어하였으나 계곡의 물소리만은 귀에 거슬리지 않는다. 낮잠에 취해 듣는 새 소리도 즐겁다. 바위 위로 지나는 흰 구름. 하루 온종일 그렇게 지내보아도 지루하지 않다. 저녁 무렵. 누워서 앞산 달을 보니 정신이 맑고, 가슴은 씻은 듯이 개운하다. 푸른 산을 바라보며 세속의 일은 논하지 말자. 그렇게 살며 청풍명월과 산수만을 노래하는 산사람이 되어 조용히 살겠다는 의지의 표현이다.

비 그친 뒤 산중에는 냇물 소리 요란한데
난간에 홀로 기대어 종일 시를 읊조리네
평생 제일 싫어한 게 시끄러운 곳이지만
시냇물 소리만은 귀에 거슬리지 않는구나
누운 채로 앞산에 떠오르는 달을 보니
하늘이 이 저녁에 나를 위로하는구나
앓던 병이 문득 낫고 정신이 맑아지니
가슴 속에 한 점의 먼지조차 없는 듯
숲속 새가 지저귈 때 낮잠을 달게 자고
누워서 바위 위의 흰 구름을 바라보네
근래로 세상일에 뜻이 전혀 없으니
내 눈이 푸른 산을 마주함이 마땅하리

회재 이언적의 이들 시 세 편은 왕유의 시 '산거즉사山居
卽事'를 떠올리게 한다. 시의 제목은 '산에 살며 짓다'는 뜻.
중국 당나라 때의 왕유王維(699~759)가 산에 살면서 지은 다
음 시는 하루해가 저물어 사립문 닫는 일로 시작된다.

적막함 속에 사립문을 닫는데

까마득히 넓은 벌판에 해가 진다

솔밭 여러 둥지에 백학이 잠을 자고

찾는 이 없어 사립문 열 일도 없다

자라는 죽순은 마디가 굵어지고

피었던 홍련 꽃잎이 지고 있네

나루터 끝에 여러 등이 켜지면서

곳곳에서 마름 따고 돌아오는 이들

寂寞掩柴扉

滄茫對落暉

鶴巢松樹遍

人訪蓽門稀

嫩竹含新粉

紅蓮落故衣

渡頭燈火起

處處采菱歸

산에 살지만 할 일이 없다. 그렇다고 한가하지만은 않다.
죽순이 쑥쑥 올라오는 늦봄도 잠시. 이제 음력 7월을 지나니

홍련(붉은 연꽃)의 잎도 슬슬 지고 있다. 죽순이랑 마름을 따러 간 이들도 돌아오는 저녁. 집집마다 등불이 켜지고 고요함 속에 분주함이 있다.

산에 사니 만남과 헤어짐은 익숙한 일은 아니다. 이 시를 읽다 보면 다시 왕유의 시 '송별送別'이 생각난다. 왕유가 친구를 떠나보낸 뒤의 단상을 '송별送別'이라는 제목으로 정리하였다.

산에 살다가 서로를 보내고
날이 저물어 사립문을 닫는다
봄풀 내년에 다시 또 푸르면
친구는 돌아올까 아니 올까?
山中相送罷
日暮掩柴扉
春草明年綠
王孫歸不歸

'송별 뒤의 기다림'이라 하겠는데, 산중에서의 송별을 그린 것이어서 전하는 책에 따라 산중송별山中送別이라고 하

거나 송우送友(친구를 보내다)라고 한 것도 있다. 해가 저물어
사립문을 닫고는 이내 돌아서서 내년 봄풀 돋으면 친구가 다
시 오기를 기대한다. 왕손王孫은 귀인을 의미하며, 왕유가
전송한 사람이다.

고려 말의 시인으로 기억해두고픈 이가 더 있으니 매호梅
湖 진화이다. 매화를 얼마나 좋아했던지 매화로 에워싸인 호
수라는 의미에서 진화는 자신의 호마저도 매호라고 하였다.
매화를 사랑한 서호西湖 고산孤山의 임포를 그리며 자신의
호로 삼았을 것이다. 그의 시 가운데 꽃을 노래한 작품 하나
를 고르라면 바로 이것, '춘만'(春晚)을 꼽겠다. 원제목은 춘만
제산사(春晚題山寺)이니 '늦은 봄 산사에서 쓰다'는 뜻.

저문 봄[春晚]
비 개고 울안 뜨락엔 이끼만 돋아나고
인적 없는 낮인데도 사립문은 닫혀 있어
푸른 섬돌엔 꽃잎이 한 치나 쌓여 있다
봄바람에 실려 날아갔다 다시 날아오네
雨餘庭院簇莓笞
人靜雙扉晝不開

碧砌落花深一寸
東風吹去又吹來

　인적 없는 한낮, 새들도 숨죽인 고요한 산사. 절 마당 한 켠에는 이끼 푸르고, 계단에는 어지러이 쌓인 꽃잎. 바람에 이리저리 구르는 모습을 사진으로 보는 것 같다. 왠지 이 시를 보면 눈물이 왈칵 쏟아질 것 같다. 떨어진 꽃잎이 두터이 쌓인 산사의 늦봄 어느 날을 그린 시이건만, 시인의 감정은 어디 하나 들어 있지 않다. 그저 눈에 보이는 풍경을 묘사했을 뿐인데, 시를 음미하다 보면 어느새 그 경치 속에 내가 들어가 있다. 서거정은 『동문선』에서 조퇴암趙退菴[3]의 시를 소개하면서 꽃이 쌓인 두께를 '무릎까지'라고 하였으니 이는 한 자(一尺)보다도 깊은 것이라며 과장이 심함을 언급한 바 있다.

　부들 색깔은 푸르며 버드나무 색 짙고
　금년 한식에도 작년 마음 그대로인데

---

3) 조퇴암은 알 수 없는 인물이다.

취하여 관하의 꿈은 기억조차 없어라

길 위에 나는 꽃잎 무릎까지 덮는데

蒲色靑靑柳色深

今年寒食去年心

醉來不記關河夢

路上飛花一膝深

율곡 이이와 교분이 깊었던 우계牛溪 성혼成渾(1535~1598)
도 마음에 늘 청빈한 삶을 꿈꾸었던 듯하다. '시냇가의 봄
날'[溪上春日계상춘일]을 노래한 그의 시에도 속진의 물욕 같
은 것은 아예 없다. "오십 년 동안 푸른 산에 누워 있었다"는
말은 아마도 그가 살아온 세월, 그리 되기를 바랐다는 뜻이
아닐까. 이제 인간 세상의 시비곡절 다 접어두고 돌아가겠다
는 의지를 내비친 말이리라. 꽃과 버드나무처럼 한가한 삶과
휴식을 갈망하는 것으로 볼 수밖에.

계상춘일(溪上春日)
오십 년 동안 푸른 산 속에 살았는데
인간 세상 시비는 내 알 바가 아니야

허름한 집이지만 봄바람 그치지 않아
꽃은 웃고 버들은 잠들어 한가하다네

五十年來臥碧山
是非何事到人間
小堂無限春風地
花笑柳眠閒又閒

성혼의 '시냇가의 봄날'[溪上春日계상춘일]은 그야말로 인간 세상 밖의 선경에 사는 선인을 그린 듯한 착각을 불러일으킨다. 똑같이 흰 구름만이 계곡을 탐내는 산사. 박순은 그곳을 선가禪家로 표현하였다. '참선을 하는 집'이라는 뜻이다. 절간을 말하지만, 여기서는 마음을 침잠시켜 고요 속에 평온을 얻을 수 있는 집이라는 의미로 받아들이면 더 좋겠다. 산비탈 돌길을 질러가다 보니 숲속에 자고 있던 새만이 지팡이, 발길 소리를 알고 화들짝 놀란다. 달도 지는 느지막한 밤이었거나 새벽 시간이었을 것이다. 박순의 '절에서 자다'[宿僧舍숙승사]이다.

술 취해 선가에서 자다가 깨어보니 의아해

흰 구름 산골짝을 덮고 달도 지려 하는데
홀로 성근 숲 밖을 잰 걸음으로 나서니
돌길 지팡이 소리를 자던 새는 알고 있네
醉宿禪家覺後疑
白雲平壑月沈時
脩然獨出疎林外
石逕筇音宿鳥知

　사암思庵 박순朴淳이 세상을 떠났을 때 그를 애도하는 만
시輓詩가 수백 편이 되었다. 그중에서 우계牛溪 성혼成渾이
애도하여 지은 칠언절구 한 수가 있었으니 이런 내용이었다.

세상 밖 구름 산 깊고 또 깊은데
시냇가 초가집 이젠 찾기 어려워라
배견와 위에 떠 오른 삼경의 달이여
선생의 일편단심 지금도 비춰주네
世外雲山深復深
溪邊草屋已難尋
拜鵑窩上三更月

曾照先生一片心

산 깊고 깊은 세상 밖의 시냇가에 초가집을 짓고 산 박순은 세속 일에 초탈하였다. 박순 선생의 그 마음을 저 달은 알고 있다는 뜻으로 성혼이 이른 말인데, 사암 박순을 애도하는 심정이 잘 표현되었다고 하겠다. 배견와拜鵑窩는 사암思菴 박순朴淳(1523~1589)이 거처하던 별장의 이름이다. 허균은 『성수시화惺叟詩話』에서 "무한한 감상의 뜻이 말 밖으로 드러나지 않았으니 서로 깊게 알지 않았다면 어찌 이와 같은 작품을 지을 수 있었겠는가"라고 평가하였다.

성혼을 높이 평가한 월정 윤근수는 이런 이야기를 남겼다.

"우계牛溪(성혼)를 뵐 때마다 선생은 나에게 관직을 그만두고 시골에 가서 살라고 권했다. 나는 돌아가서 살만한 땅이 없다고 대답했는데, 우계는 '비록 돌아갈 만한 곳이 없을지라도 일단 결단을 하여 돌아가면 가난하게 살 수는 있네. 속담에 산 사람 입에 거미줄 치랴고 하였으니 참으로 맞는 격언일세.'라고 하였다. 나는 부끄러워서 사과할 뿐이었다. 그런데 내 나이 예순이 넘도록 아직도 관직에 미련을 두고 물러나

려 하지 않을 줄을 어찌 생각했겠는가? 퇴계와 우계는 모두 선견이 있어서 그렇게 하였던 것인데, 이 일을 생각할 때마다 얼굴이 붉어진다."(『월정만필』).

월정 윤근수 또한 조선 중기의 문신이자 정치가였지만, 그는 사람들로부터 탐욕스럽다는 평가를 받았다. 성혼은 아마도 그런 윤근수에게 욕심을 버리라는 뜻으로 넌지시 한마디 던졌을 것이다.

박순과 절친했던 또 한 사람 율곡 이이(1536~1584)는 언젠가 사암思菴 박순의 거문고에 거문고 명銘을 써주었는데, 그것이 오늘까지 남아 있다.

"적적하고 외로운 오동이여.[4] 맑고 맑은 옛 소리로다. 한 번 타면 귀를 깨우고[5] 다시 타니 마음을 맑게 해주네. 줄 없는 거문고는 너무 담담하고, 번거로운 곡조는 너무 산란하다. 내 이 거문고를 안고 있건만 누구라서 결백한 흉금을 칭찬해주

<hr>

4) 거문고는 오동나무로 만들기 때문에 이런 표현이 나온 것.
5) 어지러운 시비 세계로부터 훌쩍 벗어나 청아함을 느낀다.

리. 사양師襄⁶⁾을 생각함이여! 창해에 구름만 깊다.”(思菴琴
銘瑟瑟孤桐冷冷古音一鼓醒耳清心無絃太淡繁曲太淫我抱斯
琴誰賞冲襟有懷師襄滄海雲深)[『율곡전서』]

  율곡 이이는 알아도 박순을 아는 사람은 드물다. 박순이
초야에 묻혀 거문고를 타며 세월을 잊고 살았지만 인품과 학
식이 고매했던가 보다. 박순은 명종~선조 시대를 산 인물로,
영의정까지 지냈다. 율곡 이이와도 각별한 사이였다. 후에
포천 영평永平 백운산白雲山에 은거하였다. 영평으로 내려
간 지 3년만인 나이 67세에 세상을 떠났다. 본부인에게서는
딸 하나만을 두었고 아들은 없다. 후처에게서 아들을 얻었으
나 나이가 어렸고, 조선의 기록에 이름을 남긴 게 없다.
  한편 김시습이 중이 되어 청평사에 머물던 때의 회상을 그
린 작품을 본다. 물론 여기서 나그네는 김시습이다. 청평사
를 찾아가면서 흥얼흥얼 시를 읊은 길은 모두 선경이다. 청
평사를 찾아간 때는 늦봄이었다. 절간은 조용하다. 탑도 홀

---

6) 춘추시대 노(魯) 나라의 음악을 담당한 악관(樂官). 그는 거문고를 잘 탔다. 노
나라가 어지러워지자 바다로 들어갔다고 한다. 『논어』 미자(微子) 편과 『공자가어
(孔子家語)』 및 『사기』 공자세가(孔子世家)에 그의 이름이 있다.

로 조용히 서 있는데, 새들만 시끄럽게 지저귀고 있다. 절 밑으로 흐르는 시냇물에는 꽃잎이 떨어져 흘러간다. 비가 갠 뒤라 갖가지 봄나물이 부쩍 자랐고, 비에 젖은 버섯은 부드럽다. 봄 산은 부족할 게 없다. 그뿐이랴. 찾아간 나그네에게도 고요함과 포근함을 안겨주는 여유가 있다. 꽃이 져서 시름겹다거나 슬프지도 않다. 새들의 분주함만큼이나 활기가 있고 저마다 흥취가 있다. 그곳을 찾은 나그네에게도 비애감이라든가 고독감 같은 것은 없다. 모든 시름, 번민을 다 거두어간 선경. 나래를 접고 그곳에 안길 것은 새가 아니다. 나그네가 깃들고 싶은 곳이었음을 '객이 있어'[有客유객]라는 시에서 이렇게 그렸다.

청평사를 찾아온 나그네가 있어
봄 산에서 제멋대로 노니는구나
새 우는데 탑은 홀로 고요하고
흐르는 작은 시냇물에 꽃이 지네
산나물은 때를 알아 잘도 자라고
비온 뒤라 향기로운 버섯 부드러워
노래 읊으며 걸어 들어가는 선경

백 년 인생 내 시름이 사라지네

有客清平寺
春山任意遊
鳥啼孤塔靜
落花小溪流
佳菜知時秀
香菌過雨柔
行吟入仙洞
消我百年憂

　과거 청평사로 찾아가는 길 주변은 속계에서 벗어난 분위기였던 모양이다. 김시습이 머물던 청평사가 경기도 청평 어딘가에 있던 절인지, 경기도 가평의 청평사인지 강원도 춘천시 북산면의 오봉산 아래 있는 청평사였는지는 분명하지 않다. 춘천 청평사라면 춘천에서 소양강 줄기를 따라 천전리(샘밭골)를 거쳐 갔을 것이다. 소양강 좌우로 가득한 소나무 숲과 절경이 펼쳐져서 마치 인간 세상 밖으로 보였던 시절이다. 그러나 이제 길 따라 빽빽이 집들이 들어서 있으니 상전벽해란 말이 무색할 지경이다. 하기사 40여 년 전만 해도 천전리 일대엔 집이 몇 채 없었는데, 지금은 온통 다른 세상이 되었음을 돌아보면 그럴 만도 하겠다.

그런가 하면 자하紫霞 신위申緯(1769~1845)가 본 청평동구 淸平洞口 또한 청평사로 가는 길목의 신북읍 천전리(샘밭) 일대로부터 지금의 소양호 선착장 자리를 지나 청평사에 이르는 강변마을을 가리키는 게 아닐까 싶다. 자하 신위가 쓴 '청평동구淸平洞口'라는 시에도 청평동구가 속진과 선경의 경계지대로 묘사되었다.

큰 강이 꺾이어 흐르는 곳에
작은 시내들이 와서 모이네
이곳이 선경과 속계의 경계인가
시내 지나며 나 스스로 의심하네
太江折流處
小溪來會之
仙凡此爲界
過溪吾自疑

언젠가 미수 허목許穆(1595~1682)도 청평사에 들러 김시습의 삶과 흔적을 돌아보고 '청평사'라는 제목의 시를 남겼다. 이 청평사가 춘천 청평사일 것이라고 믿어두자. 현대 시 가운데도 춘천 청평사를 노래한 시가 있으니 시인들의 눈에 청평사는 특별한 곳이었던가 보다.

한편, 신흠의 '한거閑居'(한적한 생활)는 한가로운 삶을 말한다. 시의 제목이 제시한 바와 같이 상촌 신흠은 전원으로 돌아가 아무런 욕심 없이 살고파 한다. 오래 된 절이 가까이에 있고, 절이 있으니 청산 우거진 숲도 가까이 있을 것이다. 사립문을 감싸고 도는 시내가 있고, 작은 마당가에 있는 소나무에선 솔방울이 떨어진다. 집 옆의 대밭에 죽순이 삐죽삐죽 솟는 늦봄. 솔방울 주워다 불을 피우고, 차를 달여 마시며 조용한 분위기에 깃들어 세속의 일을 다 잊은 삶이다.

한적한 생활[閑居]
한적한 생활 옛 절을 이웃했는데
시냇물이 사립문을 감싸고 도네
하루 종일 봄빛을 마주 대하고서
사람 만나 속된 말 나누지 않아
빈 뜰에 솔방울이 떨어지고요

대밭에 죽순이 새로 돋아나네요

이제는 세속 인연 벗어났거니

그 어찌 기산 영수의 근원 찾으리

閑居隣古寺

流水遠柴門

盡日對春色

逢人無俗言

虛庭松落子

新笋竹生孫

即此釋塵累

何須箕穎源

　기영箕穎은 중국의 기산과 영수를 이른다. 기산箕山은 중국 하남성河南省 등봉현登峰縣 서남쪽에 있는 산이고, 영수穎水는 기산 기슭을 흐르는 강이다. 4천여 년 전에도 정치를 더럽게 여긴 시절이 있었다. 그런 전통적인 의식은 지금도 변하지 않은 듯하지만. 중국의 전설 시대 황제였던 요 임금은 허유許由의 현명하고 청렴함을 전해 듣고 그에게 왕위를 물려주려 하였다. 그 소리를 들은 허유는 기산箕山 아래 맑

은 강 영수 근처로 도망쳐서 그곳에서 숨어 살았다. 요 임금
이 다시 사람을 보내어 구주九州를 통치해달라고 하였다. 그
말을 들은 허유는 귀가 더러워졌다며 영수의 물로 귀를 씻었
다. 그때 그곳을 허유의 친구 소부巢父가 물을 먹이려고 소
를 끌고 지나가다가 허유가 귀를 씻는 것을 보고 그 까닭을
물었다. 이야기를 들은 소부는 말했다.

"처신을 잘했더라면 누가 자네를 괴롭히겠나. 숨어 산다고
소문을 내고서는 명예를 좇았으니 귀를 씻게 되었지. 자네가
귀를 씻은 물을 내 소에게 먹일 수 없네."

그리고 나서 소부는 위로 강을 거슬러 올라가 소에게 물을
먹였다. 중국의 정사서인 『사기』에도 허유의 이야기가 실려
있는 것으로 보아 허유가 덕망 있는 실존 인물이었음은 분명
한 것 같다. 이 시를 통해 상촌은 4천여 년 전에 살았던 허유
의 삶을 따르고 싶은 마음을 살짝 노출하였다.
　초정 박제가의 시에도 자연 속에서 흥얼대는 무욕의 은사
隱士가 살고 있다. '양지녘 산골에서 한평생 내멋 대로 살고
싶다'는 뜻을 가진 은둔자이다.

멀리 나무들 둥글둥글 푸르러라

연기가 띠처럼 고요히 떠 있고

온종일 나 홀로 읊조리노라

새들이 서로 부르며 즐거워하는 때

물에 비치는 그림자 아주 사랑스럽고

맑은 꽃향기는 어찌나 뛰어난지

한평생 이 사람이 뜻을 둔 것은

북쪽 산골에서 나대로 사는 거라네

遠樹團圓綠

游烟映帶遲

孤吟吾盡日

相命鳥欣時

照影水堪愛

聞香花最奇

平生此子意

北壑置之宜

새로 잎이 피어 멀리서 보면 동글동글한 모습의 나무들.
안개가 산허리를 띠처럼 감싸고 있는 산속에서 온종일 흥얼

거린다. 수면에 얼비치는 햇빛, 거울처럼 맑은 물, 짙은 향기를 머금은 꽃들이 가득 피어 있는 북산北山 계곡은 조용하다. 아마도 산골짝 아름다운 풍경을 가진 곳에서 본 아침 풍경이거나 해가 낮게 내려앉은 오후의 한때를 그린 것으로 보인다. 세속적 삶에 아무런 미련도 없고, 더 이상 욕심도 없다. 자연 속에 들어와 있는 화자는 아무 걱정도 없다. '내가 뜻을 둔 건 한 평생 산골에서 내 뜻대로 사는 거'라고 하였듯이 자연에 만족한 즐거움만이 있을 뿐. 혼탁한 현실에서의 삶을 피하여 자연으로 돌아가 모든 시름을 잊은 채 살아가는 모습을 잘 표현하였다. 이 시는 『초정전서楚亭全書』 '춘집심원春集沈園' 연작시 6수 가운데 첫 수이다. 그 마지막 여섯 번째 시는 이렇게 되어 있다.

이 마음 봄 산을 사랑하여
약속한 시간 늦지 않게 간다
사람 소리 너머 푸른 기운
꽃이 피며 향기 피어날 때
흐리고 맑은 것도 적당하다
만물은 저 스스로 기묘하여라

고개 들어 바라보며 홀로 흥에 겹다

상쾌한 바람 그림 같은 경치 있으니

春山心所愛

赴約不能遲

空翠人聲外

生香花發時

陰晴如此適

品物自然奇

俯仰獨成趣

好風淸晝宜

　사람 소리라곤 들리지 않는 깊은 계곡, 주위는 온통 초록
색 숲과 풀빛으로 가득하다. 꽃향기 가득한 곳, 고개를 들었
다 내렸다 주위를 돌아보느라 온통 정신이 없다. 춥지도 덥
지도 않고, 적당히 맑은 가운데 봄날의 산들바람이 상쾌하게
부는 곳. 맑고 조용한 봄날에 몇몇이서 꽃구경을 나가 그 경
치에 푹 빠져버린 심경을 잘 표현하였다. '봄날 깊은 동산에
모여' 놀던 날의 흥취와 정경을 노래한 시로, '살가운 바람
그림처럼 맑고 고운 경치를 고개 들어 바라보니 홀로 흥에

겹다'고 하였으니 꽃 피어 향기 소록소록 묻어나는 깊은 동
산의 풍경에 푹 빠질 듯하다.

　다소 생뚱맞게 생각될 수도 있을지 모르겠으나 박제가가
보았던 봄날의 풍경을 김소월이 이렇게 읊지 않았을까?

　산유화(김소월)
　산에는 꽃 피네 꽃이 피네.
　갈 봄 여름 없이 꽃이 피네.
　산에 산에 피는 꽃은
　저만치 혼자서 피어 있네.
　산에서 우는 작은 새여
　꽃이 좋아 산에서 사노라네.
　산에는 꽃이 지네 꽃이 지네.
　예전엔 미처 몰랐어요.
　갈 봄 여름 없이 꽃이 지네.
　봄 가을 없이
　밤마다 돋는 달도
　예전엔 미처 몰랐어요.
　이렇게 사무치게

그리울 줄도
예전엔 미처 몰랐어요.
달이 암만 밝아도
쳐다볼 줄을
예전엔 미처 몰랐어요.
이제금 저 달이
설움인 줄은 예전엔
미처 몰랐어요.

진달래꽃(김소월)
나 보기가 역겨워
가실 때에는 말없이
고이 보내드리오리다.
영변에 약산 진달래
꽃 아름 따다가
가실 길에 뿌리오리다.
가시는 걸음 걸음 놓인 그 꽃을
사뿐히 즈려밟고 가시옵소서.
나 보기가 역겨워 가실 때에는

죽어도 아니 눈물 흘리오리다.

　월사月沙 이정귀李廷龜(이정구라고도 한다, 1564~1635)는 평생 권필·신흠·이수광 등 여러 문사와 교류하였다. 이들은 서로 교분이 깊었던 지식인이었다. 권필이 자신의 초당에 시판을 걸어두고 싶어 이정귀에게 부탁하여 받은 시가 있다. 그래서 시의 제목도 '석주石洲 권여장權汝章이 그의 초당草堂에 시를 써주길 청하기에 즉석에서 써서 주다'이다. '여장'은 권필의 어릴 적 이름.

　그대 집에 가보지도 않고 내 말할 수 있으랴
　섬돌 아래 맑은 물이 집을 감돌아 흐르며 운다지
　한낮이라 산속 집은 봄날이 적적하기만 한데
　대숲 바람이 때로 글 읽는 소리 실어 보내리
　君家未到吾能說
　石砌清泉繞舍鳴
　日午山齋春寂寂
　竹風時送讀書聲

'가보지도 않고서 시를 써 줄 수 있으랴'고 말은 하였지만 월사 이정귀는 이미 권필의 초당이 어떻게 생겼는지 잘 알고 있다. 섬돌 아래 맑은 물이 소리 내어 흐르고, 초당 옆엔 대나무 숲도 있음을 전해 들어 알고 있다. 그는 누군가로부터 석주의 초당에 대해 전해 들은 것처럼 말하고 있으니까 그렇게 추정할 수 있다. 하지만 이미 전에 가보았는데도 마치 본 적이 없는 것처럼, 그리고 다른 사람에게서 들은 것처럼 썼다면 그것은 의도된 능청이다. 대숲에 부는 바람, 그 바람결에 들리는 석주의 목소리, 생전 모습이 선명히 그려진다. 이렇게 사는 모습을 이백李白은 일찍이 '산중문답山中問答'에서 노래하였다.

무슨 일로 푸른 산에 사냐고 묻길래
웃고 대답 안 해도 마음 절로 한가해
복사꽃 흐르는 물은 아득히 떠가는데
인간 아닌 또 다른 세상 여기에 있네
問余何事棲碧山
笑而不答心自閑
桃花流水杳然去

別有天地非人間

　권필의 '봄에 적다[春題]'라는 시는 우리네의 마음을 정화
시켜 준다. 심성을 부드럽게 해줄 뿐 아니라 마음을 차분히
가라앉혀 주는 힘이 있다. 자신이 마련한 시냇가 초당에 봄
이 와서 산에 핀 모든 꽃이 그의 차지가 되었으니 자신은 부
유한 늙은이라는 주장이다.

　춘제(春題)
　풍진이 야인의 집에는 이르지 않아
　홀로 사립 닫고서 긴 세월 보내노라
　이 늙은이 몹시 가난하다 웃지 말라
　봄 온 뒤 온 산의 꽃 실컷 얻었으니
　風塵不到野人家
　獨掩衡門度歲華
　莫笑此翁貧至骨
　春來贏得滿山花

　풍진은 바람에 휘날리는 먼지이다. 그러나 그것은 일차적

인 뜻. 실제로는 세속의 풍파이다. 다른 말로 속진俗塵이라고 한다. 세간의 풍진이 미치지 않는 곳, 다시 말해서 속세를 벗어난 곳에 야인이 사는 집이 있다고 하였으니 선경仙境을 말함이다. 시 전체를 지배하는 분위기는 욕심 없는 삶이다. 야인이라 하였으니 권력과는 아주 멀리 있다. 게다가 가난한 삶이니 이제 이 노인은 부귀와는 인연이 없다. 산속의 초당, 찾는 이도 없다. 그러니 바쁠 일도 없고, 사립문은 늘 닫혀 있다. 세속의 일에 매이지 않았으니 그에게 미칠 어떤 풍파도 없다. 봄이 되어 그가 가진 것은 온 산에 펼쳐진 꽃들. 그것은 모두 그 늙은이의 차지다. 더구나 그것은 이번 봄 한 번으로 끝나는 게 아니다. 해마다 가질 수 있는 것이니까. 그것은 어디까지나 욕심을 버린 대가이다. 하나를 버려야 하나를 다시 얻는 법. 놓을 줄 알아야 다시 쥘 수 있는 것 아닌가. 이런 여유 있고, 한가한 마음을 다산 정약용도 "꽃이 있으면 봄"이라고 하였다. '느지막이 강 언덕을 나가다'(晚出江皐만출강고)라는 시에서 한 말인데, 강고江皐는 강 언덕이다. 그 원문은 "꽃이 있으면 봄이오, 벼슬 쉬면 농부"(花在有春日 官休卽野農)이다. 이것을 다시 곱씹어보면 '마음에 꽃을 가지면 늘 봄'이라는 뜻이 되지 않겠는가.

이덕무(1741~1793)의 '시냇가 집에서 한가히 읊다'[溪堂閑咏 계당한영]라는 작품에도 세속적 욕망은 없다. 자신의 감정은 숨기고 그저 눈앞에서 벌어지는 일을 객관적으로 그리는 데 그치고 있다.

손수 숲속 꽃을 꺾어 냄새를 맡다가
가끔 두건에 삐딱하게 꽂아도 본다
빈집에서 휘파람을 한 번 불어보자
성 위의 갈까귀 놀라 날아오르네
手折林花嗅
時復揷巾斜
一聲虛閣嘯
驚起城頭鴉

꽃도 무슨 꽃인지 알 수 없다. 숲속의 꽃이 한두 가지가 아니니까 꽃의 종류를 말하지 않고 그저 꽃을 꺾어 냄새를 맡아보다가 머리에도 꽂아본다고 하였다. 시인은 지금 꽃과 자연에 취해 무아지경이다. 다른 마음은 없다. 마음을 비운 상태이니까. 더구나 주변에 인기척이라곤 없다. 휘파람 소리에 놀란 갈가마귀가 성 위에서 날 뿐.

신흠의 '혼자 돌아오다'[獨歸독귀]라는 시에는 시인이 머무는 집은 명확히 드러나 있지 않다. 다만 '석양에 혼자 돌아온다'고 한 것으로 미루어 시인이 돌아갈 집은 산속 시냇가에 마련한 한적한 초당일 것만 같다. 가파른 산비탈 길을 따라 구불구불 길게 이어진 길을 석양 무렵에 혼자서 가는 중이다. 그는 꽃을 꺾어 들고 걷고 있다. 그런데 꽃을 든 자신이 슬프다고 하였다. 꽃을 꺾어 들었는데, 왜 슬픈 것인가. 그 이유는 제시하지 않았다. 사랑하는 가족과의 이별에 가슴 에였던가. 아마 또다시 봄과의 이별을 앞두고 있기 때문일 것이다. 앞에 소개한 이덕무의 '시냇가 집에서 한가롭게 읊은' 무념無念의 세계와는 또 다른 맛이다.

고요한 산동네에 이끼 오래 자라서
구불구불 가파른 비탈 산길 돌아서
한가로이 산꽃 쥐니 마음이 슬퍼져
바위 숲 석양녘을 혼자서 돌아오네
寂寥山巷長莓苔
危磴迢迢路自回

閑把山花倍惆愴

한편, 초의선사草衣禪師 의순意恂(1786~1866)은 어느 날 경기도 양평의 용문사로 갔다. 거기서 느낀 감정을 '용문사에 이르러'[至龍門寺지용문사]라는 시에서 이렇게 적었다.

산은 텅 비고 봄이 간 뒤였지
나그네 찾아오고 구름 이는 때
오고 가는 것 상관하지 않으니
끝내 사람들은 알 수 없으리라
山空春去後
雲起客來時
不干去來者
終不爲人知

봄이 지나서 산이 비었다 하였으니 온 산을 가득 채웠던 꽃이 막 져서 허허로운 심경을 드러낸 말일 수 있다. 물론 꽃 진 뒤로도 사람들은 절을 찾고 있다. 하늘에 구름 가듯 사람들 절을 오가는 것, 모두가 자연스런 일이다. 그러나 나그네 찾아오는 것과 구름이 이는 것은 아무 관련이 없는 일이다. 나그네와 구름은 생명이 있는 것과 생명이 없는 것을 대신한다. 나그네가 오고 가도, 구름이 오고 가도, 초의선사는 있는 그대로 받아들일 뿐이다. 청산을 찾은 나그네와 청산에 있어야 할 구름을 동일선상에서 이해하고 있다. 사람이 오는 것조차 상관하지 않으니 이를테면 초탈의 경지이다. 초의선사는 청산 속 절간에서의 무욕의 삶을 자신만의 방식으로 이렇게 표현한 것이다.

아마도 초의선사는 봄이 가고 꽃이 져서 텅 빈 절간 용문사를 모티브로 삼아 심허心虛의 세계를 알려주려 했던 게 아닐까? 초의선사는 마음을 모두 비우고 겸애의 자세를 갖기를 바랐던 것 같다. 이런 세계를 중국 명나라의 문인화가 문팽文彭은 이렇게 표현하였다.

"마음을 빈 곳에 두어 장수와 건강을 지킨다."(游心沖虛以保壽康)

탐욕과 성냄, 거짓과 위선, 기만과 노여움, 교만과 남을 경멸하는 마음, 증오와 혐오의 마음, 오래 살겠다는 생각 같은 것들조차 다 던져버리고 '마침내 나를 잊은' 경지에 든다면 그것이 바로 마음을 비워 건강과 장수를 지키는 일이며 사람들을 행복하게 하는 길이다.

세상은 늘 내 맘대로 되는 일이 적다. 여러 가지 사정과 심신의 큰 변화로 세상과 단절된 삶을 선택하는 이들이 꽤 있다. 친구의 배신이라든가 사업실패, 큰 병을 앓은 뒤 심경의 변화, 정신적 충격으로부터 벗어나기 위해 사람 냄새가 적은 산속으로 들어가 살면서 '모든 욕심을 버렸다'거나 '그저 자연을 택했다'는 이들. 인생 유전과 자연주의를 힘써 외치는 그들에게 오히려 더 필요한 것은 인간적 신뢰 회복과 경제, 두 가지인 것 같다.

어떻게 해서든 속세를 떠날 수 있다면 그나마 다행이다. 속세가 아니라고 믿고 떠난 그곳도 분명 속세를 벗어난 곳은 아니다. 그럴 바에야 차라리 시원한 대야의 물에라도 발을 씻어 홍진의 때를 벗어보는 게 어떨까? 조선 후기 이원휴李元休(1696~1724)[7]는 '발을 씻는 시'[洗足詩세족시]로 사람들의

---

7) 성호(星湖) 이익(李瀷)의 조카이며 아버지는 이서(李漵, 1662~1713)이다. 이원휴의 자는 정보(貞甫), 호는 금화자(金華子). 아버지를 여의고 고된 시묘살이를 하다가 29살에 요절하였다. 『금화유고(金華遺稿)』 필사본 한 가지가 전한다.

마음을 편안하게 씻어주고 있다.

> 문 앞의 찬 우물물을 길어다가
> 부엌의 작은 대야에 부어놓고
> 마루에 걸터앉아 홍진의 때를 시원하게 씻네
> 비로소 산림의 베개 하나 얻어 편안하여라
> **汲取門前井水寒**
> **捧來廚下小龍盤**
> **臨軒快滌紅塵跡**
> **始得山林一枕安**

속진에서 벗어난 것을 '발을 씻었다'고 표현하였다. '발 닦고 자라'는 말도 이것과 다른 뜻이 아니다. 홍진의 때를 씻는 일이 바로 골머리 아픈 세상일과의 이별을 위한 의식이다. 시인은 그와 같은 성스러운(?) 작업을 마치고서 비로소 산림을 베개 삼아 쉴 수 있게 된 것에 만족해한다. 어쩌면 우리는 날마다 시인이 말한 세족식洗足式을 치르며 사는지도 모른다.

그러나 이원휴와 초의선사의 시에는 꽃이 없다. 다만 그들을 품어준 산만 있다. 하지만 어느 곳이고 산에 꽃이 없을 수 있는가? 그렇다고 어디 몸 밖의 꽃만 알아서야 되겠는가. 마음에 꽃을 심어 가꾸기를 힘쓸 일이다. 실제로 그런 삶을 살기를 염원했던 산승山僧들이 있다. 바리스타 로봇에 각종 서비스 로봇 그리고 말동무AI가 우리의 삶을 바꾸는 세상이라 할지라도 사람의 마음은 달라질 게 없다.

왜 사는가?-산승山僧에게 묻는다

세속적 욕망을 버리고, 산으로 가서 수도修道의 길을 택한 승려들의 정신세계는 어떠했을까? 속계俗界를 벗어나 선계仙界를 택하여 인간 세상과 거리를 두고 살면서 사람의 세세한 감정을 연구하며, 수도에 열심이었던 만큼 속인과는 다른 시각을 갖지 않았을까? 하루 세 끼를 먹는 것은 평범한 이들과 같으나 속세의 삶과는 일단 멀어져 있고, 삶을 다할 때까지 심신 수양에 힘썼던 이들인 만큼, 우리네와는 다른 철학을 갖고 살았으리라는 기대를 갖게 한다. 승려들의 언행은 그들이 남긴 행적과 글로써 알 수 있는 바, 그중에서도 꽃을 대상으로 한 글에서 그들이 바라본 우리네 삶은 어떤 것이었을까? 희로애락과 같은 끈끈한 감정에서 다소 벗어나 거리를 떼어놓고 관조하였을 것이므로 우리의 마음을 달래줄 수 있지 않을까? 특히 최상층 지식인으로서 유교와 불교의 경계를 짓지 않았던 고려 시대의 이름 있는 승려와 조선의 명승名僧들이 남긴 꽃과 관련된 시와 일화 속에는 우리의 삶에 이정표가 될 수 있는 무언가가 있을 것이다. 그러면 과연 우리는 청산에 욕망을 묻고 살아간 이들에게서 무엇을 얻을 수 있을까?

절간에서 갖은 탐욕 다 버리고 깨끗한 마음으로 살생한 죄업과 도적질한 죄, 사음邪淫한 죄, 거짓말한 죄, 이간질한 죄, 입발림으로 사람을 꼬여서 말한 죄, 나쁜 말을 한 죄, 사랑을 탐한 죄, 성내어 지은 죄, 어리석고 몽매하여 지은 열 가지 죄를 스스로 참회한다 하여 십악참회十惡懺悔를 주문으로 외우며, 아침저녁 예불 때마다 정구업진언淨口業眞言[1]을 부처에게 드리는 이들이니 그들로부터 들어볼 만한 이야기들이 많이 있을 것이다. 속인의 마음을 정화해주고 안정시키는 게 없다면 불가의 수도승들이 하루하루 짓는 선업善業도 기실은 허망한 일일 것이다.

고려의 진각국사眞覺國師 혜심慧諶(1178~1234)은 본래 전남 화순 출생이다. 그의 호는 무의자無衣子. 옷 한 벌 없는 벌거숭이 사내란 뜻이겠는데, 국사의 승명이 '진각'이라 하였으니 진정으로 깨달음을 얻은 승려였던 모양이다. 그는 선승으로서 꽃을 소재로 한 시를 많이 남겼다.

1) 입으로 지은 죄업을 정갈히 씻으며 참된 말을 하는 것을 이른다.

혜심의 '사시유감四時有感'은 사계절에 대한 느낌을 읊은 것이다. 그 가운데 봄을 노래한 내용이 있다. 그 시에서 시인은 '꽃이 지고 봄이 가는 것을 가슴 아파하고, 새가 울며 하루가 저무는 것을 슬퍼한다'고 하였다. 세월의 무상함을 한탄한 것이다. 그 세월 속에 집을 떠나 있었지만, 가족을 잊지 못하는 승려의 절절한 그리움을 살짝 보이기만 했을 뿐. 그러나 진정 그는 집으로 달려갈 처지는 아니다. 그리운 이를 만나는 순간, 그 그리움은 날아갈 터이니. 다만, 가족의 정이란 그도 어찌할 수 없는 것이었다.

꽃이 지며 봄 저무는 것을 아파하고
새가 울며 날 저무는 것을 슬퍼하네
집안 소식이 그립고 그리워 좋지만
어떻게 하면 물밀듯 빨리 달려갈까?
花落傷春暮
鳥啼悲日斜
家內好戀戀
何奈走波波

진각국사 혜심은 봄을 시간의 변화로 파악하였다. 새 울고 날 저무는 시간. 그 시간들이 쌓여 이레가 되고, 삼칠일이 되고 한 달이 되며, 계절이 된다. 지금 한창 꽃 지며 저무는 봄이다. 그는 세월의 무상함에 아파한다. 집 떠난 산승에게도 가족이 있기에 그리움도 있었다. 그러나 세월이 덧없이 빠르게 지나간 사이, 가족에게 달려갈 여유가 없었다.

사시유감四時有感이라는 이 작품은 회문체回文體 시다. 회문체 시란 끝에서부터 거꾸로 읽어도 뜻이 통하게끔 지은 것이다. 위 시를 끝에서부터 거꾸로 읽으면 다음과 같이 된다.

물결치듯 달린들 어찌하랴

그립도록 내가內家를 좋아하네

지는 해에 슬피 우는 새

늦봄에 지기 싫어하는 꽃

波波走奈何

戀戀好內家

斜日悲啼鳥

暮春傷落花

앞의 시에서 가내家內는 '집안' 즉, 집안 식구들을 말하지만, 여기서는 거꾸로 써서 내가內家가 되었으니 부녀자들 또는 안살림을 맡은 가솔을 지칭한 말이 되었다. 어머니 또는 누이가 아니면 출가 전에 두었던 아내일 수도 있겠다. 혜심의 또 다른 시 한 편 '그림자를 보고'[對影대영]이다. 여기엔 꽃은 없다. 연못가에 앉아 있는 중에 대한 묘사이다.

나 홀로 연못가에 나가 앉았다가
우연히 못 속에 있는 중을 만났네
잠자코 웃으며 서로 바라보았지
누군지 알고 말하건만 대답이 없네
池邊獨自坐
池底偶逢僧
黙黙笑相視
知君語不應

"나는 널 알고 있는데, 정녕 너는 날 보고 웃으며 말이 없구나!"

한쪽은 알아보고 말을 거는데, 다른 한쪽은 말이 없고 웃기만 할 뿐. 그 웃음을 염화시중에 비길 수 있을까? 이것은 혜심의 자화상이다. 혜심을 들여다보는 듯한 시이다. 아하, 바로 나의 곁, 이쯤 어디에 혜심이 머무는 듯하다. 이것은 이규보의 '우물에 비친 모습을 보고 장난삼아 짓다'[炤井戱作소정희작]라는 제목의 시와 유사하다.

오래도록 거울 보지 않아서
내 얼굴이 누구인지 몰라서
우연히 와서 우물에 비친 모습 봤더니
옛날에 서로 조금 알던 사람 같구나
不對靑銅久
吾顔莫記誰
偶來方炤井
似昔稍相知

얼굴은 가장 정확한 이력서다. 사람의 얼이 가감 없이 드러나 있는 골(얼골→얼굴)이기 때문이다. 세월이 흐르고, 나이를 먹을수록 사람들은 자신의 얼굴을 점점 잊고 사는 것 같다. 어느 날, 거울을 들여다본 나의 모습이 내가 아닌 것 같다는 생각이 들 때 자신을 내면 깊숙이 돌아볼 필요가 있다. 그러나 이규보는 우물에 비친 자신의 모습을 보고 '전에 조금 알던 사람 같다'고 능청을 떨었다. 자신의 모습을 제 스스로 모른다고 말하기엔 너무도 멋쩍은 일 아닌가. 자신을 돌아보고, 스스로를 조금은 아는 나이가 되었다는 뜻일 것이니 아마도 지천명知天命을 전후한 나이에 남긴 시로 이해함이 좋겠다.

한편 승려 혜심이 '봄날 연곡사에서 놀다가 늙은 스님에게 주다'[春晚遊燕谷寺贈堂頭老]는 시에는 연곡사의 풍경만 있을 뿐 사람 냄새는 없다. 그래서 더욱 선경처럼 느껴진다.

봄 깊은 옛 절이 일 없어 고적하여라
바람 없는데 꽃잎만 섬돌에 가득 져서
저녁노을 맑은 구름을 즐기고 있자니
두견새 울음소리가 온 산에 어지럽네
春深古院寂無事
風定開花落滿階
堪愛暮天雲晴淡

亂山時有子規啼

연곡사가 어디에 있던 절인지는 알 수 없다. 또 굳이 알려고 힘쓸 필요도 없다. 혜심이 찾아가서 만난 이는 연곡사의 주지승, 늙은 스님이었다. 그에게 써준 시인데, 혜심이 절을 찾아간 것은 봄이 한창 무르익은 때였다. 절 앞 계단에 꽃잎이 가득 져 있다. 바람이 없어도 꽃은 지고, 이제 봄도 돌아가려는가 보다. 짙은 저녁노을, 붉은 구름을 보고 있자니 어느새 날은 기울고 두견새 어지럽게 운다. 한낮으로부터 황혼을 거쳐 초저녁에 이르기까지 시간의 흐름 속에 나타난 현상들을 차분히 그려내었다. 여기엔 어디 하나 시인의 감정은 나타나 있지 않다. 시는 봄날의 맑고 고운 풍경과 저녁노을 속의 두견새 울음소리를 함께 넣은 동영상처럼 다가온다. 그것을 보고 느끼는 건 각자의 마음. 여느 시인들은 두견새 울어 핏빛 꽃이 핀다고 하였건만 그는 거꾸로 '두견새가 우는 것은 꽃이 지기 때문'이라고 보고 있다.

혜심의 또 다른 시 '비온 뒤'[雨後우후]는 그가 산에서 비가 내린 뒤에 바라본 정경을 고스란히 담고 있다.

괴상한 새 울음소리 깊은 골짜기 울리고

흰 구름 조각조각 푸른 산에 무늬 지네

비 온 뒤 조용히 앉아 있자니 일없건만

구름은 무심한데 새는 왜 한가롭지 않나

怪鳥聲聲響幽谷

白雲片片彪青山

雨後靜坐人無事

雲自無心鳥未閑

비가 갠 뒤 깊은 산이라면 흔히 볼 수 있는 정경이다. 승려 혜심은 절간에 앉아 선禪에 들어 수행 중이다. 푸른 산, 흰 구름이 한가하다. 그 정적을 새가 깬다. 새들은 먹이를 찾느라 바삐 날고 있다.

물론 이 시는 눈 앞에 펼쳐진 자연을 그대로 그린 것이다. 하지만 해석에 따라 다른 그림이 될 수도 있을 터. 아마도 새들을 생업에 헐떡이는 우리 인간 군상으로 떠올렸던 건 아닐까? 그렇다면 선승처럼 사는 이들과 시간에 쫓기는 자들의 삶은 어디서 비롯된 차이란 말인가. 그것이 단순히 선택이나 팔자 소관 차원에서 이해할 수 있는 것은 아닐 것이다.

원감국사圓鑑國師(1226~1292) 충지冲止는 고려 고종 때 나서 고려 말의 충렬왕 때 입적하였다. 혜심이 세상을 떠날 때 충지는 8살이었다. 9세 때부터 글을 배웠고, 그로부터 10년 후인 19세 때 과거시험에서 장원 급제를 하였다. 그 후 일본에 건너가서 문장으로 이름을 떨친 일도 있다. 29세 때 출가하여 강화도 선원사禪源社로 옮겨가 원오국사圓悟國師에게 배웠다. 지금 강화도에 남아 있는 선원사지(=선원사터)가 그곳이다.

　그의 나이 61세에 원오국사가 죽자 수선사修禪社의 제6세 계승자가 되었다. 원감국사의 '그윽한 곳에 살다'[幽居]라는 시는 이색의 시 유거幽居와 제목이 똑같다. 그가 이 시에서 그리고자 한 뜻도 대략 같은 것으로 볼 수 있겠다.

　번화한 곳을 떠나 살면서

　울긋불긋 산속에서 한가롭게 노니네

　솔길은 봄이라 더욱 고요하고

　대사립문은 낮인데도 닫혀 있네

　처마가 짧아서 달을 먼저 받아들이고

　울타리가 낮아 산을 가로막지 않네

비 온 뒤에 시냇물은 급하게 흐르고

바람이 멎자 산마루 구름도 한가로워라

골이 깊어 사슴이 숨고

숲이 빽빽하니 새들이 자러 돌아오네

아침저녁이 쉽게 지나가니

거칠고 게으른 성미 고칠만하네

棲息紛華外

優遊紫翠間

松廊春更靜

竹戶晝猶關

檐短先激月

墻低不礙山

雨餘溪水急

風定嶺雲閑

谷密鹿攸伏

林稠禽自還

儵然度晨暝

聊以養疎頑

幽(유)는 '피하다, 숨다, 아늑하다, 그윽하다, 멀다, 아득하다'는 뜻을 갖고 있는 글자이다. 여기서는 인간 세상으로부터 멀찍이 떨어져 있고, 녹음으로 뒤덮여 그윽한 풍경을 가진 곳을 말한다. 원감국사 충지의 '유거幽居'란 이 시는 녹창청공綠窓淸空을 그리고 있다. 녹창은 가난한 이의 방을, 청공은 청빈한 삶이니 욕심 없는 간소한 살림살이를 이른다.

승려 충지가 살던 곳은 산 깊은 절간이었다. 인적이 없으니 한낮에도 사립문이 닫혀있고, 울타리도 높아야 할 까닭이 없다. 골이 깊어서 비 내리면 냇물이 넉넉히 흐르고, 울창한 숲은 새들의 보금자리이다. 울긋불긋 꽃이 핀 봄날, 산사山寺가 있는 숲속 풍경을 세밀하게도 스케치하였다. 그가 사는 집은 처마가 짧아서 밤이면 달빛을 그대로 다 받아들이니 등불이 없어도 살만하다. 낮에는 한가로운 숲속에서 거닐며 자연을 품다 보면 하루해가 짧다. 이곳저곳을 보러 다니느라 바쁘다. 마음 가는 대로 노닐다 보면 거칠었던 마음도 한결 부드러워질 것이다. 이런 삶 속에서 거칠고 게으른 성미가 고쳐지고 사람이 된다는 뜻이리라. 자신의 욕망이나 이익을 지키기 위해 아집과 편견을 고집하는 이라면 자신만을 위한 갖가지 사슬을 끊어야 맑은 눈, 깨끗한 마음으로 세상을 들여다볼 수 있을 것이다.

원감국사 충지의 '가는 봄을 아쉬워하며 읊다'[惜春吟석춘음]라는 작품은 삭막해진 우리네 마음을 부드럽게 풀어주고 어루만지는 힘이 있다. 으스대며 뻐기지 말고, 각자 태어난 대로, 주어진 삶을 살면 된다는 철학을 말하고 있다.

봄바람은 너무도 무정하여라
나를 버리고 가면서 돌아보지도 않네
수양버들은 실만 가지고 있지
가는 봄을 매어둘 줄도 모르네
가는 봄을 원망하는 복사꽃 붉은 뺨에
아침 이슬이 눈물방울로 맺히네
산새도 슬프게 울어대면서
사람에게 무엇인가 하소연하네
그윽한 이 시름을 누구에게 말할 수도 없어
신발을 갈아 신고 채마밭에 나가 보니
그 많던 꽃들이 다 쓸어 없어지고
푸른 잎들이 어느새 숲을 채웠네
가는 봄이야 가는 대로 둘 수밖에 없지만

쇠잔해 가는 몸을 재촉하니 내 어찌하랴

사람이 우주 사이에 산다는 것이

잠시 주막에 머무는 것과 무엇이 다르랴

그대로 두면 되지 슬퍼할 것도 없으니

오고 가는 것이 모두 운수에 달렸네

이 조화에 따라 다하면 되는 것이니

하늘에서 타고 난 대로 살아가리라

春風大無情

棄去不我顧

垂楊徒有絲

曾不解繫駐

紅桃怨春歸

朝來空泣露

山鳥亦哀呼

似欲向人訴

幽懷無人寫

細履繞園圃

群芳掃已盡

綠葉滿林樹

春歸也任歸
爭奈催衰暮
人生宇宙間
何異暫羈寓
置之不用悲
代謝固有數
聊乘化歸盡
姑以信天賦

수양버들에 머물던 봄도, 그 많던 꽃들을 데려온 봄도, 아
침이슬에 젖은 복사꽃 이파리 몇 잎도, 산새도 봄과의 석별
을 슬퍼한다. 나를 버리고 가는 봄이 무정하기만 하다. 문득
산새 소리에 시름겹다. 꽃이 지고 함초롬히 잎이 피어 숲이
더욱 푸르러졌다. 가는 봄을 따라 몸은 자꾸만 쇠잔해진다.
오고 가는 계절도, 우리네 청춘도 자연의 섭리이니 그에 순
응하며 살아갈 수밖에 없는 존재 아닌가. 잠시 머물다 가는
짧은 인생, 슬퍼할 틈이 어디 있으리. 이 대목은 이백李白의
시를 떠올린다. 봄밤 복사꽃, 배꽃이 핀 동산에서 연회를 즐
기면서 쓴 시 '춘야연도리원서春夜宴桃李園序'에서 이태백

은 우리네 인생을 이렇게 읊었다.

"천지는 만물이 와서 잠깐 머물다 가는 여관과 같은 것, 광음
(세월)은 백 대를 지나가는 나그네라. 인생은 꿈같은 것이니
덧없는 인생 환락을 누린다 한들 그 얼마나 될 것인가."(夫天
地者萬物之逆旅 光陰者百代之過客 而浮生若夢 爲歡幾何…)

봄에 씨를 뿌리지 않으면 가을에 거둘 것도 없는 법. 그뿐
이겠는가. 젊어서 힘쓰지 않으면 아름다운 청춘, 돌아볼 것
도 없으리. 그래서 옛말에 '옥은 다듬지 않으면 그릇을 이룰
수 없고, 사람이 배우지 않으면 도를 알 수 없다'(玉不琢 不成
器 人不學 不知道)고 하였다. 여기서 도라고 하는 것은 사람으
로서 가야 할 길을 이르는 말이니 배움이란 많이 보고 듣고
마음을 가다듬는 수업 아니겠는가. 우리가 여행을 하는 진정
한 목적도 여기에 있는 것이라 하겠다.
  그러나 이들과 달리 동파東坡 소식蘇軾의 '춘야春夜'에는
봄날의 즐거움과 밤늦도록 떠들썩하게 놀이하던 여운이 짙
게 드리워져 있다.

봄밤의 일각一刻은 천금의 가치를 갖고 있다네
꽃에는 맑은 향기, 달에는 달그림자
노래와 음악 즐기던 누대에는 말소리 잦아들고
그네 뛰는 후원에는 밤이 깊어만 가네

春宵一刻值千金
花有淸香月有陰
歌管樓臺聲寂寂
鞦韆院落夜沈沈

　소동파가 느낀 일각은 지금으로 치면 대략 15분이란다. 꽃에는 맑은 향기가 있고, 달에는 달그림자 있어 운치가 그윽한 봄밤. 흥겨운 노래와 음악 소리도 차츰 잦아들고 있다. 짧아서 더욱 소중한 봄밤의 시간이야말로 천금만큼이나 값지다. 밤이 이슥해지도록 후원에 모여 그네를 뛰고 있는 여인들의 즐거움을 묘사하였다. 소식의 '춘야'에는 봄밤의 화려함과 들뜬 흥분, 환락의 기쁨만 있지만, 충지의 '봄과의 석별을 읊은 시'에는 짧은 봄과 인생 그리고 질박한 마음으로 하루하루 충일한 삶을 살아가야 하리라는 속내를 펼쳐두었다.
　나옹화상懶翁和尙(1320~1376) 혜근惠勤은 고려 말의 이름난 승려이다. 20세 때 이웃 친구가 죽는 것을 보고 어른들에게 "죽으면 어디로 가는가"를 물었는데, 아는 사람이 없었다. 아무도 알려주지 않으니 마침내 공덕산 묘적암으로 승려 요연了然을 찾아가 거기서 머리를 깎고 중이 되었다고 한다. 그 뒤 양주 회암사에 들어가 4년 동안 정진하였으며 원나라 대도大都(북경)에 가서 지공指空에게 2년 동안 배운 뒤, 39세에 돌아와 52세(공민왕 때)에 왕사가 되었다. 목은 이색이 그의 비문을 지은 비석과 부도가 양주 회암사에 있다. 혜근惠勤의 '눈 속에 핀 매화'이다.

해마다 이 나무가 눈 속에 꽃을 피웠는데
벌 나비가 바빠서 새로 핀 것을 몰랐네
오늘 아침 매화꽃이 가지에 가득 피었으니
넓은 하늘, 넓은 땅에 똑같이 봄이 왔네
年年此樹雪裏開
蜂蝶忙忙不知新
今朝一箇花滿枝
普天普地一般春

꽃도 반갑지만 봄이 왔기에 더욱 설레는 마음을 실었다.

다음은 그가 산에 살면서 쓴 시 산거(山居, 산에 살다)이다. 자신이 욕심 없이 승려로 살아가면서 산속에서 보고 느낀 감상을 바탕으로 평온하게 읊은 시인데, 어쩌면 저리 가벼운 마음으로 살아갈 수 있을까 하는 생각에 조금은 부럽다는 생각이 든다.

흰 구름 깊은 곳에 세 칸 집을 짓고
앉거나 눕거나 길을 가도 한가할 뿐
차가운 시냇물은 반야를 이야기하고
맑은 바람 밝은 달에 온몸이 서늘해
白雲堆裏屋三間
坐臥經行得自閑
磵水冷冷談般若
淸風和月遍身寒

고려 시대의 승려는 종교 분야는 물론, 정치·경제 등 여러 분야에서 중요한 역할을 하였고, 사회적인 지위도 상당하였다. 그와 달리 조선의 승려는 노비·백정·광대·기생·공장工

匠과 같은 천민과 다를 바 없는 팔천八賤의 신분이었다. 조선이 유학을 국교로 채택한 뒤로 승려는 상당한 지식을 갖고 있는 지식인이었으면서도 그들의 지위는 크게 떨어졌다. 그리하여 전란으로 승병을 일으킨 승병장이나 특별히 이름을 날린 고승의 경우가 아니면 천시를 받았으니 조선 사회에서 승려의 신분은 애매하였다. 그중에 기억할만한 인물은 5백여 년의 조선 역사에 서산대사·사명당을 비롯하여 얼마 되지 않는다.

서산대사 휴정休靜(1520~1604)에게는 '놀다'[遊耶유야]라는 제목으로 봄을 노래한 시가 있다. 여기엔 산과 숲, 새와 꽃만 등장한다. 절간은 어디에 있는지 승려의 눈에도 보이지 않는다.

지는 꽃의 향기가 동네 안에 가득하고
새 울음소리가 숲 너머에서 들리네
절간은 어디에 있는지
봄 산이 반은 구름일세
落花香滿洞
啼鳥隔林聞

僧院在何處
春山半是雲

　휴정이 합천 가야산에 있을 때의 기억을 떠올린 시이니 가
야동 산골짝의 이야기이다. 그러므로 '놀다'[遊耶]의 실제 의
미는 '가야동에서 놀다'라고 할 수 있다. 숲 너머 저 멀리 새
들이 지저귀고, 꽃은 지는데 향기는 온 산을 채웠다. 시인은
'봄 산의 절반이 구름'이어서 가야산 해인사가 어디에 있는
지 모르겠다고 외치고 있다. 그러나 모른다는 말은 거짓이
다. 산의 절반이 구름에 잠겼고, 구름이 덮인 곳에 가야산 해
인사가 있었던 것이다. 알면서도 짐짓 모른 체하였는데, 이
시도 3자적 화법으로 풍경을 그리고 있다. 그냥 보고 듣는
대로 적은 듯하다. 아마도 나머지 산의 절반은 꽃구름이었으
리. 이 시를 읽으니 이런 말이 생각난다.

　"그림을 읽으니 실제 산을 보는 듯하다."(讀畵似看山)[2]

◇◇◇◇◇◇◇◇◇◇◇◇◇◇◇◇◇◇◇◇◇◇◇◇◇◇◇

2) 『습고재화서習苦齋畵絮』

154　왜 사는가, 묻노라!

이것은 청나라의 문인화가인 대희戴熙가 산을 어떻게 보았는지, 그가 갖고 있던 산에 대한 생각을 간결하게 요약한 구절인데, 바로 이 시를 두고 이른 말인 것 같다. 이 외에도 대희가 산에 대하여 한 말이 더 있다.

   "봄 산은 미인 같고 여름 산은 용맹스런 장수 같다. 가을 산은 인품이 고고한 사람 같고 겨울 산은 마치 늙은 중 같다."(春山如美人 夏山如猛將 秋山如高人 冬山如老衲…)

   그러나 이것보다는 청나라 운수평惲壽平(1633~1690)의 이야기가 훨씬 더 실감나게 묘사되어 있다.

   "봄 산은 미소 같고 여름 산은 화를 내는 것 같다. 가을 산은 단장을 하고 겨울 산은 잠자는 듯하다. 사계절 산의 뜻을 산은 말할 수 없지만 사람들은 말한다. 가을 산은 사람을 슬프게 하고, 사람들로 하여금 생각하게 한다. 가을을 그리는 자는 반드시 슬픔을 느끼고 생각과 의미를 얻은 뒤에야 그릴 수 있다.…"(春山如笑 夏山如怒 秋山如妝 冬山如睡 四山之意 山不能言 人能言之 秋令人悲 又能令人思 寫秋者必得可悲可思

之意…)³⁾

산은 계절마다 각기 다른 모습으로 분장하는데, 봄산은 절
로 기쁘게 한다는 뜻일 것이다.

휴정의 시를 읽으면 그가 머물렀던 가야산과 해인사 주변
의 골짜기와 숲을 보는 듯해서 즐겁다. 휴정의 또 다른 시 한
편, '봄을 아쉬워하다'[惜春석춘]도 그의 대가다운 일면을 보
여준다.

천 잎 만 잎 꽃이 지고
두어 마디 새가 우네
만약 시와 술이 없다면
좋은 풍경 사람 죽이네
落花千萬片
啼鳥兩三聲
若無詩與酒
應殺好風情

─────────────────

3) 『구향관집甌香館集』

'천 잎 만 잎 꽃'이라고 한 것은 휴정이 셀 수 있는 가장 큰 수였다. 그토록 많은 꽃이 지는데 새는 두어 마디밖에 울지 않는다. 그것은 화자가 새에게 엄청난 감정을 이입한 표현이다. 지는 꽃을 슬퍼한다는 식의 흔한 표현 대신 새도 슬픔을 억누르고 있다고 보았던 것이 아닐까? 그 감정을 극대화하여 놓고 술 마시고 시로써 이토록 아름다운 풍경을 그리지 않으면 죽을 것 같다고 엄살을 떨었다. 그러면서 굳이 풍정風情이라는 시어를 선택하였다. 풍정은 눈 앞에 펼쳐진 풍경을 바라보고 갖게 되는 감정이다. 부는 바람에도 다 뜻이 있는 것이니 고운 풍경, 아름다운 봄과 이별하며 느끼는 마음을 두 글자에 응축한 것이다. 그러나 시에서 느끼는 분위기는 끈끈한 감정이나 깊은 안타까움 같은 것이 없다. 극도로 절제함으로써 기름기 없는 담백한 맛을 준다. 단 스무 글자로 천언만어千言萬語를 전하고 있는 것이다. 그러나 휴정은 술이 있어도 '시를 짓지 못한다거나'(如詩不成) 시를 지어도 술이 떨어질 염려는 하지 않는다. 다음의 '양봉래에게 부치다'[寄蓬萊子기봉래자]라는 제목의 시는 휴정 서산대사가 양사언에게 써준 두 편의 연작시 중 두 번째 작품이다.

굳센 붓으로 삼산을 뭉개고
시는 맑아 값이 만금이나 나가네
산승에게 다른 물건은 없고
오직 백 년의 마음뿐이네

筆健頹三岳
詩淸直萬金
山僧無外物
惟有百年心

휴정은 봉래 양사언과 각별한 사이였다. 조선의 명필 중 한 사람으로 꼽히는 양사언은 글씨뿐 아니라 시도 뛰어남을 찬미하면서 무욕의 삶을 사는 자신은 가진 것이라고는 평생 한결같은 마음밖에 없노라고 털어놓았다. 양사언에 대한 한 결같은 마음을 백년심百年心이라고 표현하였다. 지기知己를 잊지 않겠노라는 다짐을 적어 건넨 것이다. 두 사람 사이에 는 승려와 유학자라는 신분상의 경계가 없다. 선仙과 속俗을 나누지도 않았다. 그저 영원한 우정을 그리고 있는 것이다. 일생 동안 이런 친구를 많이 갖는다면 그것은 가장 큰 축복 일 것이다.

휴정의 또 다른 작품 고의古意는 글자 뜻 그대로 풀면 '옛 사람의 뜻'이다. 시의 제목과는 딴 판으로 몇 차례 거듭해서 읽어도 시가 담백한 맛이 있다.

바람이 그치니 꽃이 오히려 지고
새가 우니 산이 더욱 그윽하여라
하늘은 흰 구름과 함께 밝아오고
물은 밝은 달과 섞여서 흐르네
風定花猶落
鳥鳴山更幽
天共白雲曉
水和明月流

'바람이 불어 꽃이 진다'면 바람과 꽃이 지는 것은 관계가 있다. 그러나 '바람이 자니 오히려 꽃이 진다'는 구절엔 바람 과 지는 꽃 사이의 인과관계가 없다. 바람이 없어도 때가 되 면 꽃은 진다는 것이다. 또 '새가 우니 산이 더욱 그윽하다' 는 것은 엄밀히 말하면 관련이 없는 일이다. 그것은 화자 자 신의 의미부여이자 감정이입의 결과이다. '하늘이 흰 구름과 함께 밝아오는 것도 흔히 있는 일. 맑은 물이 달빛 받아 흐르는 것도 늘상 볼 수 있는 일이다. 다만 그것을 '물과 밝은 달이 함께 (섞여) 흐른다'고 한 표현은 절묘하다. 시인 휴정은 '시내에 흐르는 달빛'을 강조하고 싶었을 뿐인데, '물과 달빛이 섞여서 흐른다'는 빼어난 표현을 찾아냈다.

휴정이 첫 행에서 써먹은 "바람 자니 오히려 꽃이 진다"는 표현, 즉 풍정화유락風定花猶落은 이미 잘 알려진 구절이다. 이와 관련하여 '꽃이 진다고 바람을 탓하랴'는 조지훈의 시가 회자된다. 이것은 바꿔 말하면 바람 불어 꽃이 진다는 것인데, 휴정은 바람이 없어도 꽃은 진다고 말한다. 다 때가 있다는 것이다. 봄이 되면 꿩도 스스로 알아서 우는 법이니 춘치자명春雉自鳴이라는 식이다. 숲 너머에서 새가 우니 산은 더욱 그윽한 맛을 주고, 흰 구름이 있어 산이 더욱 밝아 보인다. 밤엔 밝은 보름달, 계곡엔 흐르는 달빛이 가득하다. 산속 깊은 곳이면 어디서나 볼 수 있음직한 풍경. 하지만 청산에서 휴정은 날마다 자연의 향기에 취해 있다. 그는 음향吟香에 빠져 있는지도 모르겠다. 음향이란, 좋은 시를 읊으면서 느끼는 향기이다. 동시에 초목의 향내를 맡는 일을 가리키기도 한다.

한편, 서산대사 휴정의 재치가 엿보이는 '화개동花開洞'이란 시가 더 있다.

이름은 화개동인데 오히려 꽃은 지고
청학동 둥지에 학은 돌아오지 않네
잘 있거라, 홍류교 다리 아래 물이여
너는 바다로 가고 나는 산으로 가네
花開洞裏花猶落
靑鶴巢邊鶴不還
珍重紅流橋下水
汝歸滄海我歸山

전남 구례의 화개 마을. 이 마을이 '화개'란 이름을 얻은 것은 고려 말이다. 사철 꽃 피는 동네라 하여 그 이름이 화개 동일진대, 하필이면 그곳에서 꽃 지는 걸 보게 될 줄이야. 일년 사시사철 푸른 학이 있다 하여 동네 이름이 청학동인데 언제 봐도 학은 없더라. 그렇지만 이 속에서 너는 너대로 나는 나대로 살자. 각기 태어난 대로 산다는 것이다. 홍류교 다리 아래로 흐르는 물은 바다로 가고, 나는 늘 산에 머문다.

그것이 서로의 운명인 것을. 우리네 삶 속에 죽음이 있고, 돌고 돌아 물처럼 흐르는 인생이라 말하고 싶었던 것일까? 그는 이런 말을 하고 싶었던 모양이다.

"속세에서 벗어난 마음 구름 위에 있다."(逸情雲上)

속세에서 벗어난 마음을 일정逸情이라 한다. 그 마음이 구름 위에 있다 하였으니 현실로부터 멀어진 삶이다. 사람이 살아 있는 동안, 결코 현실로부터 벗어날 수 없는 존재임을 알면서도 조선의 선비와 상류층은 바로 이런 마음을 갈구하며 살았다. 그렇다고 그것이 고답적인 것은 아니었다. 현실을 완전히 외면한 것이 결코 아니었다.

발은 땅에 디뎠으나 머리는 허공에 높이 있듯이 현실의 삶은 세속에 있지만, 마음은 신선 세계에 둔 듯. 이와 비슷한 시작법을 보이는 시 한 편이 있다. 오세문吳世文이라는 이가 녹양역綠楊驛에 써서 걸어둔 시라고 전하는데, 버드나무에 관한 내용이다.

꽃이 있어서 마을이 훨씬 돋보이고

버들이 없어서 역 이름이 외롭네

교목喬木에는 해가 먼저 비치고

마른 뽕나무에 부는 바람 소리

有花村價重

無柳驛名孤

喬木日先照

枯桑風自呼

　녹양역의 녹양綠楊은 푸른 버드나무이다. 그런데 녹양역
엔 정작 버드나무는 한 그루도 없으니 시인은 그 점이 해괴
한 일로 보였던 듯하다. 버드나무 대신 늙은 뽕나무에 '솨아'
바람이 분다. 나무 사이로는 햇살이 비치고. 한창 꽃이 핀 녹
양역의 정경을 읊었지만, 이 시에는 전하고자 하는 시의詩意
가 따로 드러나 있지 않다. 그래서 『보한집』에서는 "이 시는
고상하고 아담하여 맛이 있지만, 맛있는 것이 차라리 뜻이
곡진한 것만 못하다"고 평가하였다. 쉽게 말해서 겉만 번드
르르할 뿐, 알맹이가 없다는 것이다. 시에 화자의 의도와 읽
는 이에게 전하고자 하는 시의가 없다면 그것은 껍데기에 불
과한 것이다. 그렇지만 단순해 보이는 그의 시엔 '역'에는 걸

맞지 않는 분위기가 엿보인다. 번거롭지 않고, 한가롭고 조용해서 오히려 쓸쓸할 것만 같다. 그런 느낌을 전하고 싶었을 것이다.

휴정과 친밀한 사이였던 양사언楊士彦(1517~1584)은 휴정이 그랬던 것처럼 가끔 휴정에게 시를 써보냈다. 다음 작품은 양사언이 휴정에게 건넨 시이다. 시 제목은 '휴정에게 주다'[贈休靜증휴정]이다. 그러면서 휴정을 가리켜 '이는 곧 청허장로이다'(卽淸虛長老也)라는 설명을 붙여 놓았다.

쉴 때는 나무 인형이 서 있는 듯하고
조용하기는 푸른 산과 다툴만하다
편안하게 참선하며 용호를 다루고
내리는 꽃비 사이에 홀로 앉아 있네
休如木人立
靜是爭靑山
安禪制龍虎
獨坐雨花間

시 가운데 우화雨花라고 하는 것은 '만다라 꽃'(曼陀羅花)

으로 보아도 될 듯하다. 불가에서 이르기를 '여러 보살이 큰 법을 얻을 때 하늘에서 만다라 꽃이 비 오듯이 내렸다'(『법화경』)고 한 데서 생긴 말이다. 사찰에서 꽃을 바치거나 꽃을 뿌리는 '산화散花' 의식은 부처님을 모셔온다는 의미를 갖고 있다. 어떤 것이든 '홀로 꽃비 내리는 곳에 앉아 있다' 함은 그가 진정한 승려임을 말한 것이다.

휴정에게 주었다는 이 시에는 양사언이 하고 싶은 말이 모두 담겨 있다. 휴정은 누구인가, 어떤 사람인가에 대한 양사언의 답인 것이다. 이 시를 대하면 마치 휴정을 앞에 두고 보는 듯, 그의 모습이 눈에 선명하게 떠오른다. 말하자면 이 시는 글로 쓴 휴정의 초상이라고 할 것이다.

휴정으로부터 가르침을 받은 사명당四溟堂 유정惟政 (1544~1610)의 시 한 편에는 지금 사람들에게도 꼭 필요한 가르침이 있다. 허균의 비참한 죽음과 그 말로를 그가 예견했던 것일까? 허균에게 한 마디 따끔하게 가르치는 말을 시로 전했다. 시의 제목은 '허균에게 주다'[贈許生증허생]이다.

남의 잘잘못을 말하지 말게나
이로움은 없고 재앙을 부른다네

입 지키기를 병마개 막듯 한다면

그게 바로 몸 편안히 하는 방법이라네

休說人之短與長

非徒無益又招殃

若能守口如瓶去

此是安身第一方

입은 모든 일의 화근이니 입을 병마개 막아놓듯 꼭 닫고 입단속을 잘하는 것이 몸을 잘 보전하는 최선의 방책이라 하였으니 유정은 허균에게 현명하게 살아가는 방법을 알려준 것이다. 이것으로 보아 허균은 남의 잘잘못을 들춰내고 시비를 가리기 좋아한 사람이었음을 짐작할 수 있다. 남자든 여자든 사람은 평생 입을 조심해야 한다. 제 입에서 나온 말이 돌고 돌아 제 입과 귀로 다시 들어오며, 종국에는 파멸을 부를 수 있기 때문이다. 훗날 사명당이 세상을 뜨고 나서 그의 비문을 허균이 지으면서 '그와 형제같이 사귀었다'(弟兄之交)고 한 바 있다. 그러나 유몽인이 쓴 『어우야담』에는 신흠이 허균을 만나보고 "이 사람은 인간이 아니다. 그 형상 역시 우리와 같은 부류가 아니니 이는 필시 여우·너구리·뱀·쥐와 같은 동물들의 정기일 것이다”고 말한 것으로 보아 유정 사명당과 가까이 사귀었다는 말은 허균만의 생각이었을 수도 있겠다 싶다. 신흠은 그 후에 다시는 허균을 만나지 않았고, 후에 허균은 능지처참을 당하였다.

유정은 오래전에 허균이 맞이하게 될 재앙을 알고 있었던 것이다. 남의 잘잘못을 들어 시비 가리기를 좋아하면 삶이 편안할 수 없다. 스스로 마음을 위로하며 즐겁게 함으로써 안온하게 살 수 있는 마음의 길을 열어야 한다. 그러니 불가에서는 매일 정구업진언淨口業眞言을 외우지 않는가. 이 주문呪文의 뜻은 ‘입으로 지은 죄업을 씻기 위해 진실한 말을 한다’는 것이다.

휴정은 본래 밀양 사람으로 속성은 임씨이다. 일곱 살에 할아버지로부터 유가경전을 배웠다. 그러나 젊어서 잘못하여 사람을 죽인 뒤, 김천 직지사로 출가하였다. 명종 16년(1561) 선과에 합격한 뒤로 사대부들과 문장으로 사귀었고, 노수신으로부터는 이백과 두보의 시를 배웠다. 선조 8년(1575) 봉은사 주지가 되었다가 묘향산으로 가서 서산대사에게 배웠다. 임진왜란이 일어나자 승병을 일으켰다.

휴정이나 유정은 이름난 고승이지만, 소요당逍遙堂 태능

太能(1562~1649)은 잘 알려지지 않은 조선 후기의 승려이다. 태능의 속성은 오씨이다. 열세 살 때 백양사에 놀러갔다가 출가를 결심하였다고 한다. 후에 묘향산으로 가서 서산대사에게 배웠다. 이로 보면 사명당 유정과 동문수학한 셈이지만, 사명당보다는 18년 늦게 태어났다. 태능이 제자 제월선사에게 내린 가르침이자 선문답. '화답을 구하는 제월선사에게'(賽一禪和之求)라는 연작시 다섯 수 가운데 첫수와 두 번째 수이다.

늙어가니 사람들이 천히 여기고
병들자 친하던 이들도 멀어지네
평생에 지녔던 은혜와 의리가
이제 와 다 헛된 일이 되었네
老去人之賤
病來親也疎
平生恩與義
到此盡歸虛

그림자 없는 나무 한 그루를

불 속에 옮겨다 심었더니

봄날에 비가 오지 않아도

붉은 꽃이 흐드러지게 피었네

一株無影木

移就火中栽

不假三春雨

紅花爛漫開

　소요당 태능이 1646년 8월 15일에 제자 제월선사霽月禪師에게 써준 시이다. 총 5수의 연작시 중 첫 번째 작품에서는 늙고 병 들으니 사람들마다 천하게 여기고 있는 세태를 말하였다. 그래서 평생 쌓아온 은혜와 의리가 다 사라졌고, 병이 들자 친하던 이들도 멀리하더란 경험을 제시하였다. 늙고 병 들면 누구나 피하고 멀리하는 것이 세상인심이다. 깊은 병을 오래 앓아보면 '절친하던 이들과 소원해지는' 경험을 뼈저리게 할 수 있다. 진실한 친구만 남고, 뭔가 내게 바라기만 했던 해바라기들은 등을 돌린다. 실제 조사한 바에 따르면 진실한 친구로서 사람들은 '슬픔을 함께 할 친구'보다는 '기쁨을 함께 할 수 있는 친구'를 원한다고 한다. 웬만한 친구라면 슬픔은 함께 할 수 있다. 그러나 진정으로 친구의 기쁨을 함께 할 수 있는 사람은 드물기 때문이라고 한다. 한 마디로 '남 잘되는 꼴을 보기 싫어하는 심리 때문'이라는 것이다.

젊은 나이에 깊이 앓아도 친구가 주변을 떠난다. 인간 세상의 어두운 면이다. 공격을 받아 상처를 입었거나 늙고 병든 동물은 동료로부터 냉정하게 버림받듯이 인간 세상이나 동물 세계가 별로 다르지 않다. 하지만 죽음만큼 좋은 선생도 없다. 그런 때문인지 '죽음 가까이 가보아야 사람이 된다'고 말하기도 한다. 그래서 서양에서 미사 기도문 중 하나로 메멘토 모리(Memento mori)라는 말을 한다. 죽음에 대한 일종의 경고로서 '죽음을 잊지 말라'는 말을 항상 잊지 않고 기억하는 것이다.

소요당 태능은 일찍이 경험한 바가 있어 아프지 말라는 부탁을 한 것으로 볼 수 있다. 은의恩義라는 것은 본래 은혜를 베푸는 쪽과 그것을 받은 쪽이 의리를 잊지 않고 갚는 보은의 관계를 말한다. 사실 승려에게 그와 같은 관계의 설정은 호사일지도 모른다.

2연에서는 '그림자 없는 나무를 불 속에 심었더니 붉은 꽃이 봄날에 피더라'며 황당한 말을 하고 있다. 그림자가 없으면 그 실체가 없는 것이니 '그림자 없는 나무'는 있을 수 없다. 없는 것을 불 속에 심었다고 하였으니 꽃이 필 나무도 없는 것 아닌가. 원인이 없는데 결과가 없고, 그것이 없다면 그와 같은 일은 실제 이루어지지 않은 상상에 불과하다. 그러니 태능이 말한 속뜻은 그게 아니다. 불같은 마음속에 나무를 심어 꽃을 피우라는 주문일 터이니 그 꽃은 심화心花(마음에 피는 꽃)일 것이다. 그러므로 그 향기는 만인을 위한 것이리라. 뜨거운 마음을 녹여 온화하게 가꾸어서 마음에 피운 꽃이라면 쉬 지지도 않을 것이며, 그것은 돈이나 재물로 살 수 있는 것도 아니고 사람과 세상을 바꾸는 향기일 것이다. 바로 이런 경지를 일러 신흠은 '매화는 일생을 춥게 살아도 향기를 팔지 않는다'고 하였으리라.

서산대사·사명당의 가르침을 받은 승려로 소요당 태능 말고도 편양당이란 인물이 있었다. 편양당鞭羊堂(1581~1664) 언기彦機는 소요당 태능보다 열아홉 살이나 어렸으니 언기에게 태능은 아버지 같은 존재였다. 언기는 아주 어린 나이에 출가하여 구족계를 받았다. 장성해서는 서산대사에게 가르침을 받았다. 주로 금강산과 묘향산에 머물렀는데, 그가 언젠가 절간 마당에서 벌어지는 봄날의 변화를 보며 '뜨락의 꽃'[庭花정화]이라는 글을 남겼다.

> 비 내린 뒤, 뜨락의 꽃이 밤새 잇달아 피어서
> 맑은 향내가 흩어져 새벽 창에 드니 새로워라
> 꽃은 응당 뜻이 있어 사람을 보고 웃는데
> 선방 가득 스님들은 헛되이 봄을 보내고 있네
> 雨後庭花連夜發
> 淸香散入曉窓新
> 花應有意向人笑
> 滿院禪僧空度春

산사에도 봄이 와서 꽃이 창밖 온 세상을 가득 덮었다. 새벽바람을 타고 꽃향기가 진하게 퍼져온다. 화자는 "꽃은 뜻이 있고 생각이 있어서 사람을 대하고 웃는다"고 의미를 부여하고서 "절간을 가득 채운 승려들은 그 뜻을 모르고 공연히 봄을 보내고 있다."고 말한다. 승려들을 향해 '꽃을 보고도 본 게 아니다'고 따끔하게 꼬집고 있는데, 그것은 승려들을 질책하는 말이 아니다. 봄 그리고 꽃이 사람을 반기고 있는데 그에 무심한 사람을 꼬집은 것도 아니다. 꽃의 진정한 의미를 깨닫지 못함을 이른 것이다. 꽃이 주는 가르침을 제대로 터득하지 못하고 있다면서 꽃을 보고 인생의 본질을 꿰뚫어 보지 못함을 경계하고 있는 것이라 하겠다. 어찌 보면 석가모니의 염화시중과 가섭의 미소를 떠올리게 하는 말일 수도 있다. 그것을 "세존(석가모니)이 꽃을 꺾어 드니 가섭이 미소를 지었다."(世尊拈華迦葉微笑)는 말로 표현한다. 염화시중이라는 말은 바로 여기서 나왔다. '부처님이 손으로 꽃을 꺾어 들어 대중에게 보였다'는 염화시중과 '산가의 꽃이 피어 승려들을 향해 웃고 있다'는 태능의 위 시가 다른 게 무엇인가. 해마다 피는 봄꽃들을 보면서 우리는 한 번씩은 가섭이 되어 볼 필요가 있다.

선방을 채운 승려는 사찰이라는 공간에서 사람을 대신하는 인물들일 뿐이다. 겉으로 보기에 자신의 일 외에는 꽃에 눈길도 주지 않는, 여유와 낭만이라고는 조금치도 없는 사람들을 가리키는 것으로 이해할 수도 있겠다. 하지만 여기서 꽃은 곧 사람이며, 그것은 다시 '인생'으로 등치된다.

임유후任有後(1601~1673)는 선조로부터 현종 시대까지를 살았던 조선 후기의 문인이다. 그가 젊은 시절에 어느 절에 갔다가 그곳 스님에게 지어 주었다는 시가 있다. '스님에게

써 주었다'고 하였으니 그 말 그대로 시 제목이 제승축題僧
軸이다.

　　산이 절을 감싸고 돌길이 굽이굽이 올라가네
　　구름이 감춰 놓은 그윽한 골짜기로 들어서니
　　'봄이라 일 많아'라고 하는 스님의 말 들리네
　　아침마다 절문 앞의 떨어진 꽃을 쓸어야 하니
　　山擁招提石逕斜
　　洞天幽杳閟雲霞
　　居僧說我春多事
　　門巷朝朝掃落花

꽃이 피어 볼 때는 즐겁더니 지고 나니까 모두가 짐이더라
는 푸념이다. 보는 이에겐 즐거움이지만, 낙화를 치워야 하
는 사람에겐 고통일 뿐이다. 입장에 따라 꽃을 놓고도 이렇
게 정반대가 될 수 있다.
　　고려 말의 어수선한 시대를 산 환암幻庵 혼수混修
(1320~1392)는 어려서 아버지를 잃고 불가로 들어갔다. 성현
의『용재총화』는 혼수에 대하여 이렇게 전한다.

"나이 겨우 13세에 친지를 따라 교외로 사냥을 나갔는데 사슴 한 마리가 달아나다가 멈추고 돌아보며 무엇을 기다리는 듯했다. 잠시 후에 새끼 사슴 한 마리가 쫓아왔다. 혼수가 이를 보고 감탄하여 말하기를 "짐승도 제 새끼를 저렇게 생각하니 사람과 무엇이 다른가?"라고 하고는 아버지를 생각하며 사냥을 그만두었다. 그리고 머리를 깎고 중이 되어 불교를 공부하였는데, 명성이 자자하여 동료들도 감히 그를 왕따시키지 못하고 동류로 인정하였다. 금강산에 들어가서 나물을 먹고 베옷을 입으며 도를 닦았는데, 자리에 눕지도 않았다. 그렇게 삶을 마칠 듯했는데 어머니가 자신이 돌아오기만을 기다린다는 것을 생각하고는 마침내 환속하였다. 뒤에 식영암息影庵을 스승으로 모시고 능가경을 배웠다.……그가 청룡사青龍寺에 있던 날, 병이 났다. 혼수는 바로 제자를 불러 뒷일을 부탁하며 '내가 오늘 저녁에 떠날 것 같구나'라고 하였다. 저녁이 되자 담장에 기대어 시를 지었다."

청룡사가 안성에 있는 청룡사인지, 아니면 또 다른 절 이름인지는 알 수 없다.

운수 따라 흐르는 대로 일생을 살았다네

병중에 생멸을 더욱 뚜렷하게 깨닫는다

내가 돌아가는 곳을 아는 이가 없고

창밖엔 흰 구름이 푸른 산에 비껴있네

任運騰騰度一生

病中消息更惺惺

無人識得吾歸處

窓外白雲橫翠屛

　자신의 죽음을 미리 알고 세상을 뜨기 직전에 지은 시이므로 '주어진 운명대로 일생을 살고, 이제 어디로 가는지는 알 수 없지만 돌아간다'며 귀천歸天을 말하고 있다. 창밖 흰 구름이 혼수의 죽음을 함께 지켜보고 있을 뿐이었다.

　실제로 그는 이 시를 짓고는 곧 입적하였다고 한다. 운명에 맡기고 일생을 살았다고 하였으니 절로 들어가 승려가 된 것이 자신의 의지라기보다는 운명으로 여겼다는 뜻이다. 그는 기다리는 어머니를 생각하여 환속했다가 다시 불가로 돌아갔다. '흘러가는 대로 운명에 맡겨 살았고, 병을 앓다 보니 삶과 죽음이 곁에 있음을 절감하였다고 말한다. '내 돌아갈 곳 아는 이 없고 창밖 청산엔 흰 구름'이란 표현 속에는 '어디로 갈지 모르지만 나 지금 청산에 있다'며 삶과 죽음에 초탈한 자세를 보여주는 것이다.

우리가 무언가 어려운 일을 당했을 때 옛사람들은 어떻게 대처했는지를 생각해보고, 그것을 거울삼아 길을 찾는 방법도 있다. 그런 자세를 두고 옛날 사람들은 "나는 옛사람을 생각한다"(我思古人)는 말로 대신하였다. 그래도 길이 없거나 더 이상 견딜 수 없으면 모든 것을 그냥 다 내려놓는 게 좋다. 내려놓고 마음까지 비워야 그나마 영혼을 살릴 수 있다.

조선 시대의 승려 취미대사翠微大師(1590~1668) 수초守初의 시 세계도 맑고 깨끗한 경지를 보여준다. 취미대사는 열세 살 때 출가하였는데, 꿈에 한 스님이 나타나 "왜 이리 늦게 오느냐"고 꾸짖는 소리를 세 번 들은 뒤에 드디어 집을 나와 절로 들어갔다고 한다. 그저 '자연에는 맑은 소리가 있으니'(山水有淸音) 산에 살며 욕심은 잊었노라는 말을 하고 싶었던 것일까? 그의 '산에 살다'[山居산거]이다.

산이 나를 불러 살게 하지 않았고
나 또한 산을 알지 못하네

산과 내가 서로 잊은 곳

여기에 별난 한가로움이 있네

山非招我住

我亦不知山

山我相忘處

方爲別有閒

　스스로 산에 들어가 살게 되었으나 산에 산 이후로 자신
이 산에 있다는 사실조차 잊고 산다는 경지를 설명하고 있
다. 시인은 자신이 '산을 모른다'(不知山)고 하였는데, 그가 말
한 진심은 '자신이 산에 있다는 사실을 깨닫지 못한다'는 것
이었다. 내가 산에 있는지, 산이 나를 품었는지 그것조차 내
가 모르고, 산도 내가 그곳에 있는 줄을 모르니 산과 내가 서
로 잊은 곳(山我相忘處)이라고 한 것이다. 내가 사는 곳이 산이
라는 사실조차 잊고 사는 한가로움과 여유. 그것은 한가로이
노니는 유한遊閒의 정서이다. 이런 세계를 선인들은 다음과
같이 표현하였다.

"왕후장상이 이름을 알아주는 것 부러워하지 않는다."(不羨

王侯知姓名)

높은 자리에 있는 사람에게 알려지는 걸 부러워하지 않는
다는 뜻이니 세속적인 욕망에 연연하지 않는 은자隱者의 마
음가짐과 자세를 이른 말이다. 그런 경지는 아무에게나 주어
지지 않는다. 우선은 기본적인 의식주 문제가 해결되어야 한
다. 소득을 내는 일을 할 수 있어야 하고, 먹고사는 데 부족
함이 없어야 그런 자세를 유지할 수 있다. 그는 또, 이런 시
도 지었다.

해 기우니 처마 그림자가 시냇물에 떨어지고
발을 걷으니 실바람이 절로 먼지를 쓸어가네
창밖에는 지는 꽃, 인적이 없어 적막하여라
봄을 노래하는 한가닥 새 소리에 꿈을 깨네
日斜簷影落溪濱
簾捲微風自掃塵
窓外落花人寂寂
夢回林鳥一聲春

이 역시 한 편의 그림을 보는 듯하다. 그 경치가 한가롭기 그지없고, 매우 서정적이다.

취미대사가 살았던 시절은 임진왜란과 병자·정묘의 두 호란으로 몹시도 힘들고 참혹한 때였다. 병자호란을 전후한 시기에는 세계적으로 '소빙하기'가 찾아와 서늘한 여름 날씨에 곡물 소출이 급감하여 사람이 사람을 먹는 처참한 식량난을 겪기도 하였고, 조선 사회에서는 몇 차례의 피바람으로 삶이 극한으로 치달을 때였다. 그 어려운 시대가 지나고 조금은 안정된 때에 쓴 것이어서 그런지 '산과 내가 서로 잊은 곳'에서 맞이한 '비가 갠 봄날'[春晴춘청]의 모습을 그는 덤덤하게 그리고 있다.

가랑비가 밤새 산에 흩날리더니
온갖 꽃들이 흐드러지게 피었네
훈훈한 바람이 먼 숲에서 불어와
골짜기 가득 그윽한 향기 퍼지네
微雨夜飛山
白花開爛漫
好風吹遠林

滿壑幽香散

산 가득 꽃이 피고 가랑비 내리는 가운데 이따금 실바람이 불어서 산골짜기마다 꽃들이 향기를 뿌리는 봄날의 산속 풍경. 시인은 누구나 보았음직한 봄 경치를 그리는 것으로 끝을 맺었다. 그 뒤의 감흥은 무엇이 되었든 책임은 지지 않는다.

한 계절에도 산은 다양한 모습을 연출한다. 사실 산은 매일 다르다. 간밤 안개비가 내렸다. 시인은 세우細雨라 하지 않고 미우微雨라고 하였으니 가랑비가 아니라 소리 없는 안개비가 밤새 흩날린 것이다. 그리고 아침에 날이 개었다. 그래서 날이 갰다는 뜻을 시 제목에 제시하였다. 제목 '춘청'은 '봄이 개었다'는 뜻이다. 안개나 비가 개인 것이 아니고 봄이 개었다고? 그도 그럴 것이 안개와 비로 세상이 보이지 않다가 바람이 와서 가랑비, 안개를 데리고 가니 산뜻한 향기와 함께 드러난 봄. 천지가 봄이다. 그래서 춘청이라 한 것이다.

자리에서 일어나 보니 아침 희뿌연 물기가 사라지고 청명한 하늘과 함께 온갖 꽃이 흐드러진 휘황한 경치. 하룻밤 사이에 전혀 다른 풍광이 펼쳐져 있는 것이다. 게다가 훈풍까지 부니 골짜기를 가득 채운 화향花香이 코를 콕 쑤신다. 취미대사 수초는 거기서 말이 멎었다. 문향聞香과 향미香味로 금세 아찔하게 취해 있는데, 게다가 눈에는 불타는 산하. 한마디로 그것은 열락悅樂의 정경이다. 이러한 경지를 중국 명나라의 문인 문팽文彭(1498~1573)은 간결하게 정리하여 설명하였다.

> "깊고 적막한 산에 어찌 오래 머물까 했더니 다정한 꽃과 새가 놓아주질 않는구나."(寂寞深山何堪久住日多情花鳥不肯放人)

문을 열면 촘촘히 열린 길, 그 길들이 집과 집을 이어줄 뿐, 얼마 안 되는 논밭뙈기 너머로는 모두가 청산이거나 숲이었을 고려와 조선의 사회에서 어찌해서 상류 지식층과 불가의 승려들까지도 이토록 '은둔자적 삶'을 추구했던 것일까? 이런 사조상의 흐름이 조선의 사회 경제적 낙후를 가져온 하나의 요인이 되었고, 모두가 곤궁해지고 조선을 은둔의 나라로 만든 원인이 된 것은 아닐까?

그렇지만 너무도 숨 가쁜 오늘의 현실에서는 이런 삶의 자

세를 거울삼을 필요도 있다. 우선 자신에 대한 성찰과 '지지
知止'의 노력이다. '지지'란 멈출 때를 안다는 것이다. 그러면
무엇을 '멈춘다'는 것인가? 욕망이다. 우리의 삶에서 괴물처
럼 꿈틀대는, 그 크기를 알 수 없을 만큼 무한성장하는 욕망
을 멈추지 못하면 패망을 피할 수 없다. 그러므로 자신이 실
현 가능한 목표를 세우고, 그것이 이루어지면 만족할 줄도
아는 삶의 자세가 필요할 것 같다. 우리가 비록 아름다운 청
산에 깃들어 살지는 못한다 해도, 우리보다 앞서 산 그들처
럼 가끔은 마음을 비우는 훈련이 필요하다.

  취미대사의 다음 세대 승려인 설암선사雪巖禪師
(1651~1706)[4] 추붕秋鵬의 '초당에서'[草堂]라는 연작시 2수
중 두 번째 작품에도 그런 자세가 엿보인다. 그것이 무엇이
든 욕망이라든가 욕심이 없다.

  속세일망정 함께 노닐려고

  초당에 한가롭게 누웠는데

---

4) 추붕(秋鵬)은 설암선사의 법명이다. 그는 열 살 때 원주 법흥사에서 머리를 깎
고 출가하여 벽계선사로부터 교선 양종을 모두 익혔다. 그의 글을 모은 『설암잡저』
와 『설암선사난고(雪巖禪師亂稿)』가 있다.

저녁 무렵 사립문을 열자
저녁노을이 꽃보다 붉네
塵世肯同遊
草堂閑獨臥
柴扉向夕開
落照紅於花

    4행 20자의 한자로 이루어져 어찌 보면 간단하다. 우리말로 해석해 보면 간단한 단상에 불과하다. 휴대폰 등 SNS 커뮤니케이션이 다양한 세상에서 그쯤이야 누구나 해볼 수 있는 말일 성싶다. 그러나 시가 주는 맛은 다르다. 꽃보다 붉은 저녁노을에 놀란 시선을 머물게 하고는 끝을 맺는 수법이 대가답다.

    절간을 벗어난 승려가 초당에 내려와 누웠다가 사립문을 열고 빼꼼히 밖을 내다보는데, '어이쿠 깜짝이야!' 놀란다. 세상이 활활 타오르고 있다. 저녁노을이 어찌나 곱고 붉은지 꽃에 비길 수 있을까. 산사의 선방에서 늘상 보던 것이었으나 속세의 초당에서는 달리 보일 수도 있을 것이다. 어찌 보면 이것이 유체이탈 화법으로 보일 수 있다. 시라니까 그런

가 보다 하고 생각할 수 있겠으나 절간을 벗어난, 산속 초당
에서 누워 뒹굴뒹굴 여유를 즐기다가 황혼빛이 쏟아지는 저
녁나절 사립문을 열어젖히고 내다본 하늘. 눈을 막아선 하늘
이 온통 불타고 있다. 그것은 세상 어느 꽃과도 견줄 수 없는
것이다. 꽃보다 붉은 저녁노을에 시선을 머물게 하고는 끝을
맺는 수법은 내공이 깊어진 뒤에야 터득할 수 있는 경지이
다.

『성수시화』에 이르기를 '조선 시대의 승려로는 시에 능한
자가 매우 드문데, 오직 참료參寥가 으뜸이다'라고 하였다.
승려 참료가 평안도 성천成川 부사에게 준 시가 있다.

물처럼 구름처럼 떠돈 지 이미 여러 해이네
자석이 바늘을 끌 듯 인연이 있음을 기뻐하고
봄날 온종일 사랑방서 적막하게 보내고 있는데
비가 갠 하늘에 눈발처럼 꽃이 떨어지고 있다
水雲蹤跡已多年
針芥相投喜有緣
盡日客軒春寂寞
落花如雪雨餘天

시가 주는 분위기가 아주 뛰어나다. 그야말로 감칠맛이 있고, 아주 맑아서 읽는 사람의 마음을 정화시켜 준다.

그러면 깊은 산속, 절간으로 들어간 이라야만 이런 경지에 이를 수 있는 것인가? 조용한 사찰이 아니어도, 초야에 묻혀 살면서도 불가의 이론을 꿰고 있으면서 철학적으로 매우 성숙한 삶을 산 유학자 문인들도 꽤 있었다. 그 대표적인 인물이 이재頤齋 조우인曹友仁(1561~1625)이다. 경북 상주시 사벌면에 내려가 살면서도 승려 이상으로 불가의 이론을 잘 알고 있었던 듯하다.

그가 남긴 시 가운데 '깨달아 선정에 들어가다'는 의미의 견성입정見性入定이란 시가 있다. 심오한 불가의 핵심이론을 버무려서 시 한 편에 담아냈다.

한 떨기 푸르른 연꽃이여
물에 나서도 물에 집착하지 않네
선정 중인 사람에게 묻노라
진정 이것을 볼 수 있는가?
一朶靑蓮花
生水不着水

借問定中人
眞能見得此

　어려운 이야기를 쉽게 풀어서 설명해주고 있지만 그 말뜻을 깊이 이해하기는 어려울 것 같다. '물에서 난 연꽃이 물에 집착을 하지 않는다'는 게 무슨 뜻일까? 연꽃은 진흙밭에서 난다거나 더러운 흙탕물에서 자라면서도 곱고 화려하며 의연한 품위를 갖고 있다. 즉, 연이 자라는 환경과 자신이 머무는 위치, 출신성분에 불만을 갖는 이들을 이 시에 중첩시켜 놓고 보면 이해하기 쉬울 것 같다. "그대 이런 이치를 알고 있는가?"라는 질문을 던지면서 그런 걸 알아야 깨달음을 얻었다고 할 수 있다는 말을 하고 싶었던 게 아닐까?

　그의 또 다른 시 식암관정息庵觀靜이다. 식암은 암자의 이름이다. '식암에서 정靜을 보다'는 뜻.

움직임을 그친 것이 정靜이지
공空과 색色은 자취가 없어
이런 현상을 관찰해 보았더니
사람과 하늘에 절로 눈이 있네

止動之謂靜
空色本無跡
觀破此形象
自有人天目

알쏭달쏭하여서 무슨 말인지 알기 어렵다. 하여간 공과 색을 말한 것인데, 불가에서는 '공과 색을 알면 불교를 제대로 아는 것이다'는 말이 있다.

"색즉시공 공즉시색(色卽是空 空卽是色)"

많이 들어보기는 했으나 평범한 사람은 알 수 없는 내용이다. 깊이 설명하자면 너무 어려우니 그냥 넘어가자. 하지만 조우인은 그것이 무엇을 뜻하는 말인지를 잘 알고 있었던 듯하다.

인생 그리고 죽음에 대하여

우리 속담에 "죽을 날짜 받아놓고 태어난다"는 말이 있다. 생명을 가지고 태어나는 것은 반드시 죽는다는 뜻이니 다른 말로 **生者必滅**(생자필멸)이다. 각자 정해진 삶을 살게 되어 있고, 시작이 있으면 끝이 있듯이 우리의 삶도 그렇게 정해져 있다는 말이다. 그래서 예로부터 유한한 인생의 짧고 덧없음을 한탄하는 말과 글이 많이 남아 있다. 삶처럼 죽음도 자연스러운 것. 뜻대로 되는 일보다는 안 되는 일이 많고, 바람에 떠밀리듯 세파에 밀리고 치여서 되는 대로 굴러가는 게 대부분의 삶이라서 우리네 인생을 때로는 부평초나 잡초로 말하기도 한다. 살다 보면 누구에게나 죽음이 찾아오는 것. 산 날이 살 날보다 한참 적은 이라면 누구도 죽음을 말하고 싶어 하지 않는다. 건강하고 젊을 때에야 죽음은 나와는 아무런 관련이 없는 것처럼 여기고 산다. 평소엔 그것이 누구나 나와는 상관없는 일이라고 외면하고 지내는 데 익숙하기에 그렇다. 그러나 살 만큼 살았다면 죽음을 준비해야 한다. 삶이 그랬듯이 죽음 또한 자연스러운 것. 하지만 죽을 생각하면 자다가도 잠이 벌떡 깨고, 남아 있는 삶이 아까워서 어쩔 줄을 모르겠다고 말하는 이들도 있다. 삶에 대한 애착이야말로 이루지 못한 일이 많거나 한이 많을 때 더욱 큰 것 같다.

사람마다 죽음을 맞아 그것을 자연스럽게 받아들이기까지는 시간이 걸린다. 받아들이는 것 외에는 다른 방법이 없다는 것을 느낀 뒤에야 이별을 준비한다. 그때 비로소 삶을 뒤돌아보고, 주변 사람과의 관계를 되짚어보면서 회한과 뉘우침을 갖게 된다. 주어진 삶의 길이는 조금씩 차이가 있지만, 살면서 이루지 못한 것들에 대한 미련과 아쉬움에 몸을 떨게 되는 것도 죽음을 앞둔 시기이다.

그러면 옛사람들은 죽음을 어떻게 생각하였을까? 지금의 우리보다 더 담담하게 받아들였다. 그 한 예가 이덕무의 『장자莊子』를 읽고서라는 글에 들어 있다.

석양에 죽을 하루살이가 낮에 죽은 놈을 슬퍼하니

조그만 시간 차이 누가 낫다고 할 것인가

눈동자 크게 뜨고 사바세계를 굽어보니

팽상[1]의 길고 짧음을 따지는 게 우습구나

1) '팽상'이란 팽조(彭祖)의 상(殤)을 말한다. 상(殤)은 20세 이전의 미성년 나이에 죽은 것을 말한다. 그러니 8백 살을 살았다고 하는 중국의 전설적인 인물인 팽조의

晡死蜉悲午死蜉
些兒相距較誰優
高擡眼孔閻浮界
大笑彭殤辨短脩

3행과 4행에서 시인은 우리네 인생을 하루살이와 비교하여 말하고 있다. 길고 짧은 차이가 있으나 거기서 거기라는 뜻이다.

하루살이는 일생의 거의 전부를 물에서 산다. 우화하여 성충이 되면 물 밖으로 나와 교미한다. 교미를 위해 무리 지어 나는 교미비행을 하고 나서 물에 알을 낳은 뒤 죽는다. 하루를 살아서 하루살이라는 이름을 얻었으나 대개 2~3일 이상 2주일까지 사는 놈도 있다. 5월에 가장 많이 우화하므로 영어권에서는 하루살이를 메이플라이(Mayfly)로 부른다. 낮에 죽은 하루살이나 저녁에 죽는 하루살이나 수명이 거기서 거기다.

◇◇◇◇◇◇◇◇◇
죽음에 관한 이야기는 새빨간 거짓말이다. 미성년의 죽음도 나이에 따라 세세하게 구분하여 16~19세에 죽으면 장상(長殤)이라 했고, 12~15세에 죽으면 중상(中殤), 8~11세에 죽으면 하상(下殤), 8세 이하에 죽으면 복(服)이 없는 상이라고 했다고 한다. 8세 이하의 어린 나이에 죽으면 상복을 따로 입지 않았다는 뜻이다.

사람 사는 사바세계도 다를 게 별로 없다. 백 년도 못 사는 우리 인생 역시 광대한 시간의 흐름에서 보면 하루살이와 크게 다를 것도 없다. 수명의 길고 짧음을 따지는 게 부질없는 짓인지도 모른다. 그 시간을 어떤 내용으로 채울 것인가가 더 중요하리라.

천상의 시인 이백은 일찍이 '단가행短歌行'에서 "시간은 어찌나 짧고 짧은지 인생 백 년이 정말로 쉽게 지나가 버리네"(白日何短短 百年苦易滿)라고 우리 인생을 노래하였다. 그리고 그 시의 끝머리에서는 "부귀는 내 바라는 바가 아니니 사람을 위해 지는 해를 잡아 놓으리라"(富貴非所願 爲人駐頹光)고 하였는데, 그는 지키지 못할 크나큰 거짓말을 천연덕스럽게도 하였다.

시간은 어찌나 짧고 짧은지
인생 백 년이 정말로 쉽게 지나가네
푸른 하늘은 넓고도 아득하여
만겁의 세월 동안 태극의 원기가 영원하네
마고의 늘어뜨린 두 살쩍도
절반은 이미 서리에 덮였고

천공이 옥녀를 보고

크게 웃은 것이 억만 번이라네

나는 여섯 용의 고삐를 잡아

수레를 돌려 부상에 매어놓고

북두로 좋은 술을 퍼서

용에게 한 잔씩 권하려 하네

부귀는 내 바라는 게 아니니

사람을 위해 지는 해를 잡아 놓으리라

白日何短短

百年苦易滿

蒼穹浩茫茫

萬劫太極長

麻姑垂兩鬢

一半已成霜

天公見玉女

大笑億千場

吾欲攬六龍

廻車挂扶桑

北斗酌美酒

勸龍各一觴
富貴非所願
爲人駐頹光

　나의 삶이 아직은 죽음과 거리가 남아 있을 때에야 이런 허풍도 수긍할 수 있을 것이다. 그러나 무엇이든 많이 부족한 삶이라면, 그리고 그것도 남아 있는 시간이 얼마 없다면, 닥치는 일마다 얼마나 시리고 뼈아플 것인가. 살아보면 삶 자체가 근심이다. 그 속에서 늙어가는 게 인생인데, 지금이라 해서 예와 다른 게 없다. 일찍이 조선의 시인 이행李荇(1478~1534)은 '감회感懷'라는 시에서 우리네 인생에서 수시로 겪는 시름을 이렇게 노래한 바 있다.

　백발은 백설이 아니니
　어찌 봄바람에 사라질까
　봄날 시름은 봄풀 같아서
　밤낮으로 길에 가득 생겨
　白髮非白雪
　豈爲春風減

春愁若春草
日夜生滿道

　나이 들면서 세월이 빨리 감을 한탄하게 되는 게 사람의 일이다. 누구나 다 그렇지만, 시간이 빨리 흐르는 것을 가장 크게 느끼는 시기가 세모일 것이다. 세수歲首도 마찬가지다. 해마다 섣달, 제야를 맞으면 누구나 맘이 심란하다. 나이 서른을 넘어 사십 줄에 들어설 즈음이면 세월이 점차 무서워진다. 그래서 사람들은 세월보다 냉정한 것이 없다고 한다. 몸으로 겪으면서 알게 되는 이야기이니 살아본 사람만이 아는 감각이다. 흔히 하는 말로 인생 속도는 자신의 나이에 시속 (km/h)을 붙인 것이 기준이란다. 하지만 거기에는 가속도 개념이 들어있지 않은 것 같다. 그 속도를 늦출 수 있는 유일한 길은 아마도 지독한 고통일지도 모르겠다.

　조선 후기의 문인 강백년姜栢年(1603~1681)도 똑같은 감정에 시달렸다. 그는 '제야除夜'라는 시에서 우리네 삶을 이렇게 말했다.

　술이 다하고 등불은 어두운데

새벽종 울린 뒤에도 뒤척이네
내년에도 오늘 밤은 있겠지만
인정에 가는 해가 절로 아쉬워
酒盡燈殘也不明
曉鍾鳴後轉依然
非關來歲無今夜
自是人情惜去年

　내년에도 늘상 맞게 될 '오늘'을 하루하루의 삶으로 받아
들이면서 한 해를 보내고, 다시 한 해를 맞는 복잡한 심사를
드러내고 있다. 언제 죽더라도, 죽음을 앞두고 후회 없이 살
기를 누구나 원하건만, 대개는 허둥지둥하다가 인생 종착역
을 맞게 된다.
　꿈많은 젊은 날, 하고 싶은 것도 많고 갖고 싶은 것도 많은
나이일수록 죽음은 나와 상관없는 일처럼 보일 수 있다. 그
러나 그 삶의 끝은 멀리 있지 않다. 당장 내게 닥친 게 아니
라 해서 퍽 여유롭게 바라보는데, 그런 정서가 다음 시에도
잘 드러나 있다. '강 위에 나와 있을 때 마침 이웃집 상여 소
리를 듣고 느끼는 바 있어서'[出棲江上 適聞隣家喪車聲有感]라

는 시이다. 간단히 쓴 오언절구 한 편인데, 상촌 신흠이 지은 이 시가 던지는 메시지는 간결하면서도 강렬하다.

어느 곳에서 상여가 나가는가
인생 이에 이르러 쉬는 것을
알겠네, 황천에 가면 즐거워서
세상 시름 다 잊을 수 있으리
何處喪車出
人生到此休
應知泉下樂
免得世間愁

시인은 봄~가을 강가에 초당을 짓고, 그곳에 잠시 기거하였던 듯하다. 때로는 강변을 거닐며 경치를 완상하였을 것이다. 그러던 어느 날 강변 마을 이웃집에서 상여가 나가고 있었다. 그 상여 행렬을 보고, 시인은 죽은 사람을 슬퍼하는 애상哀傷의 감정을 드러내지 않았다. 오히려 죽음을 긍정적으로 바라보고 있다. '죽음을 맞아 비로소 인생 쉬게 되었으니 황천에 가서는 시름을 다 잊을 수 있어 오히려 즐겁게 된 일'

이라고 한 말이 얼핏 보면 제정신으로 한 말일까 싶기도 하다. 바로 그 상가 사람들이 들었으면 큰일 날 소리다. 그러면 이것이 그의 진심이었을까? 이것은 사실, 시인의 역설적 표현이다. 강가에 노닐어도 그는 세상 시름으로 죽음보다도 더 고통스럽다며 조용히 절규하는 것이다. 살아 있는 동안에는 누구나 갖고 사는 게 근심 걱정이라지만, 그 깊이와 폭은 사람마다 다르다. 환경과 사정이 저마다 다르니 그것도 각기 다를 수밖에. 이런 시들을 보자니 중국 당나라 때의 시인 두보의 사마행(緦麻行)이 떠오른다.

아침에 부잣집 상여를 만났는데
앞뒤 치장이 온통 으리으리하더라
모두가 명문거족 과시하려 함이니
상복 입은 행렬은 길기도 하여라
보내는 자들도 각자 죽을 것이니
아무렴, 강성함 부러울 게 뭐냐
그대여 저 묶여가는 주검을 보게
북망산 귀신 되고 나면 그만 아닌가

朝逢富家葬

前後皆輝光
共持親戚大
緦麻百夫行
送者各有死
不須羨其强
君看束縛去
亦得歸北岡

　사마행은 상여와 장례 행렬이 가는 것을 읊은 노래이다. '사마'는 상여가 나갈 때 상주들이 입는 상복을 이르기도 하는데, 상주들의 삼베옷은 본래 올이 굵고 거친 삼베로 만든 옷이다.

　우리는 살아가는 동안에 많은 죽음을 목격하게 된다. 그리고 늘 죽음을 준비해야 한다. 그래야 죽음으로 이별하는 고통을 줄일 수 있다. 친한 사람과의 이별은 더욱 고통스럽다. 부모형제는 말할 것 없고, 친구나 친지의 갑작스런 죽음은 밤마다 겪어야 하는 고문일 수 있다.

　그렇지만 '나 첨정'에게 바친 제문[祭羅僉正文제나첨정문]에서 미암眉巖 유희춘柳希春(1513~1577)은 가깝게 지내던 이의 죽음을 차분하면서도 담담한 마음으로 갈무리하고 있다.

　　아, 우리 형이여
　　이제야 고향으로 돌아가네요
　　슬픔과 서러움은 끝이 없지만
　　그저 한 잔 술 올립니다.
　　嗚呼吾兄
　　今返故鄕
　　無窮之慟
　　聊寓一觴

　　유희춘은 경전과 역사에 해박한 지식을 갖고 있었고, 기억력이 뛰어났다. 그의 나이 57세 되던 해인 1569년(선조 2)에 이 글을 지었다. 나첨정羅僉正은 첨정 벼슬을 지낸 나사선羅士惧이란 사람이다. 나사선은 1558년에 과거 시험에 합격하여 경상도 성주목사와 사섬시정司贍寺正 등을 지냈다고 한다. 그런데 제문을 보면, 유희춘이 평소 가깝게 지내던 친구 나사선의 죽음을 슬퍼하기는 하되 적당히 거리를 두고 있는 느낌이다. 그것은 예로부터 '슬퍼는 하되 몸과 마음이 상할 정도로 슬퍼해서는 안 된다'는 애이불상哀而不傷의 전통에 따른 것으로 볼 수 있다.

한편 소염小琰의 작품이라고 알려진 다음 작품은 '죽은 사람을 애도한다'는 의미의 '만인挽人'이라는 시이다.

가장 서러운 것은 바로 북망산
한 번 가면 다시 돌아오지 않아
만약 삶과 죽음 부귀를 논한다면
왕과 제후라도 어찌 다르겠는가
傷心最是北邙山
一去人生不再還
若爲死生論富貴
王侯何在夜臺間

죽음은 누구도 피할 수 없는 것임을 잘 표현하고 있다. 그러나 이것 역시 자신이 맞는 죽음이 아니기에 나와는 얼마간 거리를 두고 있다.

조경趙絅(1586~1669)의 시문집 『용주유고龍洲遺稿』에는 친구의 죽음을 애도하며 지은 '벗을 제사하는 글'(祭友人文)이 실려 있다.

"그대가 병들었을 때 내가 한 번 가서 본 적이 있었고, 그대가 세상을 떠나자 내가 또 가서 곡을 했는데, 그대를 장사지내는 날 나는 결국 그대의 관이 황천 아래로 들어가는 걸 보지 못하였네. 비록 내가 조정에 벼슬아치로 매인 몸이라 자기 몸을 마음대로 할 수 없었기 때문이라고 말한다 한들 내 어찌 죽은 벗을 져버렸다는 데서 벗어날 수 있겠나. 범식范式과 장소張劭의 의리[2]를 깊이 생각해 보면 나도 모르게 얼굴이 두껍다는 생각이 들며 마음이 슬퍼지네.

아아! 그대는 실은 나의 벗이 아니라 고인古人의 무리였네. 오늘날 세상에 살면서 옛날의 도를 행하였으니 어떻게 곤궁하게 낮은 곳에 처하고 40년 동안 갈옷을 입지 않을 수 있었겠나. 그러나 이는 본래 그대를 아는 이들이 그대를 부족하다 여긴 이유가 된 적이 없었네. 저 어진 사람이 반드시 천수를

---

2) 범식과 장소는 중국 후한시대의 인물로 두 사람이 친한 친구 사이였다. 『후한서』 범식열전도 있으며, 장소(張邵)가 죽은 뒤 범식(范式)의 꿈에 나타나 제 죽음을 알리자 범식이 백마가 끄는 흰 수레를 몰고 곡을 하러 찾아갔다고 한다.

누린다고 하고, 천도가 언제나 착한 사람을 돕는다는 등의 말은 거의 그대에게 바랐던 일인데, 그대는 또한 천수를 누리지 못했네. 나는 이에 어느 곳에 허물을 돌려야 할지 알지 못하겠네. 『예기禮記』에 이르기를 '벗이 세상을 떠난 후 그 무덤에 풀이 묵으면 곡을 하지 않는다'[3]고 했으나 이제 내가 그대의 오두막에 와서 보니 실로 하염없이 흐르는 눈물을 차마 멈출 수 없네. 한 잔 술에 한 조각 향을 마련하고 글을 써서 곡을 하노니 그대는 아는가? 흠향하기를."

지금의 우리는 친구나 친지, 부모, 형제의 죽음에 이런 글로 마음을 전하며 위로하는 모습을 보기 어려운 것 같다. 이렇게라도 마지막 인사를 나누는 풍습은 그대로 이어져도 좋을 텐데, 유명인사가 아니면 추도사 몇 마디조차 없는 게 현실이다. 그만큼 우리의 마음이 각박해진 것일까? 아니면 편지 한 장 쓰지 않고 살아가는 습관이 배인 탓일까?

다음은 선석仙石 신계영辛啓榮이 친구인 상사上舍 홍태초

---

3) 『예기』 단궁(檀弓) 편에 "벗의 무덤에 묵은 풀이 있으면 곡하지 않는다"고 하였다. 묵은 풀이 있다는 것은 풀이 난 지 1년이 되었다는 말이므로 벗에 대해서는 심상(心喪)을 1년까지로 하므로 이렇게 말한 것이다.

洪太初의 죽음을 맞아서 지은 제문[4]이다.

"아아, 슬프도다. 태초太初는 끝났구나. 그대와 이번 생에서 영원히 이별하였단 말인가. 그 목소리와 얼굴 모습이 아득하고 긴 밤은 새벽이 돌아오지 않아 한바탕 인간 세상을 꿈꾸니 황천黃泉을 누가 만들었단 말인가.

아아, 슬프도다. 태초는 끝났다. 그대의 높은 재능으로도 은거하여 궁벽한 시골에서 삶을 마쳤으며, 그대의 높은 덕으로 희수稀壽(70세)에 이르렀으나 대질大耋(80세)에는 부족하였으니 저 푸른 하늘은 어찌 그대에게 보답이 없단 말인가.

아아! 가슴 아프다. 나의 나이가 그대보다 약간 많은데 그대는 약관 때부터 나이를 잊고 사귀어 마음을 터놓고 항상 그 기상이 우뚝하고 마음이 관대함을 사모하였으며, 진정한 친구가 되기를 허락하였으니 정은 형제와도 같았다. 눈빛 비치는 책상이나 반딧불 비치는 창문에서 소매를 나란히 하고 학문을 연구하고 토론하였으며 술자리와 시 모임에서 흉금을 터놓고 기뻐하고 웃으면서 서로 따르면서 반평생에 이르

---

4) 홍상사태초제문(洪上舍太初祭文)

렀다. 내가 재능이 없으면서도 요행으로 먼저 벼슬길에 나아 갔으나 그대가 바로 뒤를 이어주기를 바랐는데, 끝내 벽도碧 桃5)의 한을 안고 베옷 입고 헛되이 늙을 줄을 어찌 알았으 랴!

하늘의 뜻인가, 운명인가. 아아! 가슴 아프다. 골짜기 속에서 뜻을 이루지 못하고 머무르면서 소박하고 깨끗한 본분을 지 키는 것을 편안해하며 세상에 번민이 없이 평생을 마쳐서 그 대의 뜻은 참으로 부족함이 없음을 알겠으니 친구들이 한탄 하고 애석해함이 어찌 얕고 적겠는가.

아아! 가슴 아프다. 지금 내가 늙고 병들어 벼슬을 내놓고서 물러났는데, 서로 거처하는 곳이 멀지 않고 다만 몇 집이 떨 어져 있을 뿐인데도 세상일에는 방해가 많아서 아직 끝없이 이어지는 봉양을 도모하지 못하고 있네. 을미년 가을에 그대 와 원보圓甫가 말을 나란히 타고 찾아와서 술잔을 잡고 웃으 면서 환담을 나누고 이틀 밤을 자고 돌아갔는데, 그 후 몇 년 사이에 그대 역시 병이 들어서 때때로 맞이하려고 해도 결국 와서 만나지 못하고, 여러 해 동안 서로 막혀서 만나기를 그

5) 신선이 먹고 산다는 복숭아.

리워하는 것이 목마른 것 같았네. 한 번 찾아가서 문병하고 답답한 마음을 토로하려 생각해 보았지만, 쇠잔한 몸을 움직이기 어려워 그 마음을 버리고 멀리서 친구를 그리는 마음만 또렷하였는데 이렇게 갑자기 유명을 달리할 줄 누가 생각이나 하였겠는가.

아아! 가슴 아프다. 그대가 세상을 버린 것이 초가을이었는데 바람결에 전하는 소식을 달을 넘겨서야 비로소 듣게 되었고, 그대가 무덤 속에 묻힌 것이 늦가을이었는데 사람들이 전하는 말을 역시 입동立冬 뒤에야 들었으니 이 어찌 사람의 일이 정과 같지 않은 것이 이와 같다는 말인가.

아아! 가슴 아프다. 나무에 기대어 곡을 하고 무덤에 임하여 영결하는 일을 형편상 하지 못하고, 한 잔 술을 따르며 몇 줄 만사를 짓는 일도 역시 빠트림을 면하지 못하여 마치 서로 잊어버린 사람 같으니. 그러나 평생토록 서로 사랑한 정은 이제 와서 땅을 쓸고 제사를 지내게 되었네.

아아! 가슴 아프다. 태초는 끝났네. 그대의 미간을 다시는 접할 수 없어 순수한 얼굴은 눈 속에 아련하고, 그대의 말소리와 웃음소리를 다시는 들을 수 없어 낭랑한 목소리 귓가에 어렴풋이 들리는 것 같네. 그대를 생각하는 마음은 오래될수록 더욱 간절하여 이 몸이 죽지 않는 한 어느 날이나 잊겠는가.
아아! 가슴 아프다. 나의 노쇠함이 이미 심하여 아침저녁으로
죽을 날을 기다리고 있으니 아마도 황천에서 능히 따를 수 있
다면 어찌 이별을 할까만, 이 이치는 분명치 않으니 내가 알
수가 없네.

아아! 가슴 아프다. 날씨는 점점 을씨년스러워지고 노쇠와 질
병은 점점 심해져서 자리에 몸을 붙이고 누워서 한 걸음도 움
직이기 어려워 손자 아이를 보내어 나의 곡을 대신하려고 하
였는데, 상을 치르고 난 뒤에 몸에 병 또한 중하여 회복되기
를 기다렸다가 지체하여 지금에 이르렀으니 더욱 통탄하네.
위패를 모셔놓은 자리에서 한바탕 곡을 직접 하지 못한 것이
한스러운데, 조잡한 글을 지어 부쳐서 슬프고 가슴 아픈 심정
을 조금이나마 펴 보이니 혼령은 아는가 모르는가.

아아! 가슴 아프다. 태초는 끝났구나. 이생에서 영원히 이별
하니 길이 슬퍼할 따름이라. 길이 슬퍼할 따름이라.”

친구를 그린 또 한 편의 시. 정온鄭蘊의 ‘몽견오익승夢見
吳翼承’이다. 꿈에 친구 오익승을 보고 그 심정을 풀어놓은
것이다.

그대 저세상으로 간 지 삼 년

오늘 밤 꿈에 그댈 보았다네

어디서 왔느냐고 물었더니만

날 생각해서라고 대답하였지

평소 생각이 서로 비슷하였고

옛날 자태가 분명하기도 하여

깨어보니 들보 위의 달만 밝고

눈물은 어느새 뺨을 타고 흐르네

君逝三霜矣

今宵夢見之

問云從底處

答曰爲相思

髣髴平生意

分明昔日姿

覺來樑月白

涕淚在鬚頤

    친구나 친지의 죽음보다도 부모와의 사별은 더욱 가슴 아
프다. "부모가 죽으면 땅에 묻고 자식이 죽으면 가슴에 묻는

다"고 하지만 둘 다 가슴에 묻는 것은 같다. 그중에서도 어머니의 죽음은 아주 안타깝고 슬프다. 우리 모두 어머니로부터 자유롭지 않아 더 그럴 것이다. 우리를 있게 한 존재여서 감은심感恩心을 갖고 평생을 살다 보니 그럴 것이다. 은혜에 감사하는 마음, 때로는 그 감은심이 죄책감이나 원죄 의식처럼 다가올 때도 더러 있다.

나이 스물에 집을 버리고, 방랑의 길을 떠나 전라도 화순 땅에서 객사한 김삿갓(김병연)에게도 어머니는 각별했을 것이다. 그러나 그는 어머니의 죽음도 모르고 홀로 객지에서 살았다. 김병연이 방랑 길에 나선 것은 자신의 조부 김익순 때문이었다.

그는 강원도 영월, 지방에서 치르는 과거시험 '향시'에 응하여 평안도 선천부사 김익순을 비판하는 글로 합격하였다. 그러나 그것이 평생 가족을 버린 사연이 되었다. 홍경래 난 때(1811) 김익순이 홍경래에게 항복한 일을 꾸짖은 것인데, 스무 살에 쓴 이 글로 그는 크나큰 죄책감에 시달렸다. 그래서 하늘을 볼 수 없다며 삿갓을 쓰고 살아 별명도 김삿갓이 되었다. 정상적인 삶을 접고, 방랑을 택한 이유이다. 그의 어머니가 김삿갓 가문의 내력을 숨기고 살았던 터라 김익순이 자신의 조부인 사실조차 몰랐던 것이다. 그것을 비로소 알게 된 뒤에 김삿갓은 그 길로 집을 떠났다. 김삿갓의 가출(?)과 방랑 이후 김삿갓의 어머니는 충남 홍성군의 결성 땅 친정으로 돌아가 그곳에서 여생을 지낸 것으로 알려져 있다. 얼마 후 김삿갓은 충청도 일대를 지나면서 결성 부근에서 어머니의 안부를 물은 뒤, 찾지 않고 전라도로 남행(南行)했다는 이야기가 전하고 있다.

김삿갓이 오십 줄에 들어설 즈음, 어느 날 꿈에서 어머니를 만나보고 곧바로 결성 땅으로 찾아갔다. 그러나 이미 어머니는 돌아가고 뎅그러니 무덤 하나만 남아 있었다. 아직 무덤의 흙이 마르지도 않았고, 잔디가 돋지도 않은 무덤에 엎어져 통곡하고 난 뒤에 지은 일종의 사모곡(思母曲)이다. 김삿갓으로서는 어머니에 대한 회한의 정과 원망도 있었을 것이다. 그의 시는 쓸쓸하고 허무한 인생길을 스산한 솔바람에 빌어 표현하고 있다.

북망산 아래 새로 생긴 무덤 하나

천 번 만 번 불러 봐도 대답 없어

서산에 해지고 마음은 적막하건만

산 위 송백松柏에 부는 바람 소리뿐

北邙山下新墳塋

千呼萬呼無反響

西山落日心寂寞

山上惟聞松柏聲

아무리 불러도 산은 메아리도 없다. 서산에 해는 지고 마음 또한 어디로 가야 할지, 온갖 세상이 적막하기 그지없다. 사람 없는 빈 산, 덩그러니 무덤만이 쓸쓸한 이 산 위에 서 있자니 '솨아' 솔바람만 스치고 지나간다. 솔바람 타고 몰려 드는 고독과 괴로움. 이 시를 통해 우리는 숱한 감정을 갖게 된다.

김삿갓(=金炳淵, 1807~1863)에게도 아들과 아내를 잃고서 그 처연한 심경을 읊은 시가 있다. '자상(自傷)'이다.

마음 상해서[自傷]

아들을 청산에 묻고 또다시 아내를 묻으니

바람은 차고 날 저물며 너무도 쓸쓸하여라

집에 돌아와 보니 텅 빈 집이 절간 같아라

찬 이불 안고 닭 울 때까지 홀로 앉아 있네

哭子靑山又葬妻

風酸日薄轉凄凄

忽然歸家如僧舍

獨擁寒衾坐達鷄

아내까지 잃고서 잠을 설치는 난고蘭皐 김병연의 모습에서도 곁에 함께 있어야 할 사람이 없을 때, 사랑하는 이가 먼저 떠나갔을 때 겪는 고통이 얼마나 큰 것인지를 알 수 있다.

아내에게 집을 맡기고 떠났다지만, 집을 버리고 나온 그에게 아내의 죽음은 충격이었다. 사람은 누구나 다 배우자의 죽음을 보고 드디어 자신의 죽음을 진지하게 생각하게 된다고 한다. 그래서 부모의 죽음과 배우자의 죽음 가운데 어느 것이 비중이 크냐고 하면 배우자의 죽음을 더욱 크게 느낀다고 한다. 예로부터 '부모는 차례걸음'이라는 말이 있듯이 나이가 들면 죽기 마련이어서 어쩌면 당연하게 받아들이는 면이 있다. 하지만 배우자의 죽음을 보고는 드디어 내 차례도 다가왔겠구나 하고 느낀다는 것이다.

일찍이 공자가 말한 인생삼락人生三樂은 너무 거창하니

제쳐두자. 있어야 할 사람이 곁에 오롯이 있는 것, 그 자체가 행복이다. 그럼에도 이 평범한 진리를 사람들은 대개 잊고 산다. 그러다가 떠난 뒤에 후회하며 그때서야 불행해진 자신을 느낀다. 일차적으로 행복이란 존재 그 자체다. 공자가 첫째 즐거움으로 택한 부모구존父母俱存은 부모가 함께 있는 것을 말한다. 부모 형제, 자식이 온전하게 함께 살아있음을 이르는 것이니 이것이 행복의 한 조건임은 분명하다. 부모 형제만큼이나 아내와 남편도 마찬가지다. 함께 있으니 소중한 것이다.

불운한 선비였던 임숙영任叔英(1576~1623). 그에게도 아내와의 사별이 있었다. 그가 쓴 곡내(哭內, 아내의 죽음에 곡을 하다)를 통해서 아내 또한 남편을 닮은 이였음을 알겠다.

대개 부인네의 성품이란 것이
가난하게 살면 슬프고 상심하기 쉽지
안타깝구나 나의 아내는
곤궁해도 늘 안색이 편안하였어
대개 부인네의 성품이란 게
영광을 누리길 그리고 바라는데

불쌍하게도 나의 아내는

벼슬 높은 걸 탐하지 않았어

세상과 어울리지 못하는 날 알아서

내게 물러나 길이 숨어 살길 권했었네

이 말이 아직도 귀에 남아 있건만

아내 죽고 없어도 잊을 수 없네

밝혀주는 그 경계의 말 생각하며

원통하고 슬프지만 스스로 지키리

저승이 멀리 있다고 말하지 마라

나를 환히 내려다보고 있는 걸

大抵婦人性

貧居易悲傷

嗟嗟我內子

在困恒色康

大抵婦人性

所慕惟榮光

不羨官位昌

知我不諧俗

勸我長退藏

斯言猶在耳
雖死不能忘
惻惻念炯戒
慷慨庶自將
莫隔言冥漠
視我甚昭彰

지금은 아내를 마누라, 와이프, 집사람 등으로 부르지만 예전에는 내자內子 또는 실인室人이라고 하였다.

정조 시대에 태어나 순조와 철종 시대를 살았던 김정희金正喜(1786년(~1856)에게도 가슴 아픈 시가 있다. 멀리 떨어진 곳에서 아내가 죽었다는 소식을 전해 듣고 애통해하며 쓴 시 '도망(悼亡, 망자를 애도하며)'이다.

도망 (悼亡)
늙은 아내 데리고 저승에 호소하여
내세에는 부부가 처지를 바꾸어서
나 죽고 그대는 천 리 밖에 살아남아
나의 이 슬픔 그대가 알게 해볼까나

那將月姥訟冥司
來世夫妻易地爲
我死君生千里外
使君知我此心悲

아내를 그리는 마음은 정약용에게서도 절절하게 나타난
다. 오랜 세월 유배지에 떨어져 있으면서 너무도 그리워하였
기에 이런 시가 나왔다. 그가 쓴 시의 제목은 '아내에게'.

하룻밤 사이에 날아내리는 천 떨기의 꽃잎들
집이 비둘기 울음소리와 어미제비에 둘러싸여 있다
외로운 나그네는 돌아가리란 말을 못 하고 있으니
어느 시절에 아내의 방에서 아름다운 만남 가질까
그리워하지 않으리, 그리워하지 않으리
슬픈 꿈속에서나 만나는 그 얼굴
一夜飛花千片
繞屋鳴鳩乳燕
孤客未言歸
幾時翠閨芳宴

休戀 休戀
惆悵夢中顔面

　하룻밤 사이에 저버린 무수한 꽃잎들. 그야말로 '비단결 같은 봄'[春如綺춘여기]이다. 바닥에 가득 깔린 꽃잎, 그 아름다움을 한껏 끌어다가 자신의 슬픔을 고조시키면서 한 움큼 피를 토하듯 그리움을 쏟아놓았다. 그러나 써 놓고는 끝내 부치지 못한 편지이다.

　누군가를 그리는 마음을 갖는 것은 때로 행복일 수 있다. '정이란 치사한 것'이라고 말하는 이도 있지만, 사람이 사는 세상에서 정이 없다면 얼마나 삭막할 것인가.

　효를 강조했던 조선 시대의 사람들에게 어머니는 더욱 각별한 모습이었다. 그 한 사례를 정온鄭蘊의 '꿈에 어머님을 뵙다'라는 뜻을 가진 시 '몽견자안夢見慈顔'에서도 볼 수 있다.

　꿈에서 본 어머니의 모습이
　쑥대머리라 편찮으신 듯해
　집 나간 자식 염려하시느라

아마도 병이 나신 거 같아

불효하면 죽어야 마땅하거늘

충심 없이 오래 사는 것도 부끄러워

꿈을 깨니 걱정과 연모가 간절해

창이 밝기를 앉아서 기다리네

夢見慈顔色

蓬頭氣不平

應知念遊子

是用疚深情

不孝當誅死

無忠愧久生

覺來憂戀切

坐待曉窓明

다음은 조선 중기의 시인 이정귀가 남긴 '권여장權汝章의 양모養母에 대한 만사'이다.

석주의 뼈는 이미 썩었을 테니

그를 생각하면 창자가 끊어지네

그 노모 오래도록 의지할 데 없어

석주 아들이 홀로 상복을 입었네

인간 세상 어찌 이런 일이 있는가

지하에서 다시 이별을 슬퍼하리라

평생의 벗에게 술잔 잡아 권하노니

한밤 제단에 술을 부어 기리노라!

石洲骨己朽

一憶一腸摧

老母無久托

孤兒今獨繸

人間那忍此

泉下更哀哉

欲把平生酒

因之酹夜臺

석주, 권여장은 모두 권필을 가리킨다. 권필이 죽은 뒤, 한참 있다가 그의 양어머니가 세상을 뜬 것을 애통해한 시이다. 이런 추도사라도 지어 바치며 이별의 의식을 갖는 것이 그래도 조금은 넉넉한 인심을 보는 것 같다. 하지만 세상 참

많이도 달라졌다. 인심이 각박하고 다들 저밖에 모르는 세상
이 되었다. 그래서 삶이 더 팍팍하다. 살 만큼 산 사람들에게
도 쉽지 않고, MZ 세대의 삶은 더욱 가혹한 것 같다. 하루하
루의 삶이 견딜 수 없이 버겁다. 그렇더라도 사람 사이의 관
계만큼은 그저 아름다웠으면 좋겠다. 그런데 돌아보면 옛사
람들의 삶도 우리와 별로 다르지 않았던 듯하다. 남명南冥
조식의 다음 시를 보면 알 수 있다.

> 사람들 바른 인물 좋아하는 것이
> 호랑이 가죽 좋아함과 비슷하구나
> 살았을 땐 어떻게든 죽이려 하고
> 죽고 나면 아름답다 일컫네그려
> 人之好正士
> 好虎皮相似
> 生則欲殺之
> 死後稱其美

이 글을 두고 신흠은 "세간의 인심과 속성을 속속들이 알

고서 잘도 그려냈다."[6]고 평가하였다. 그나마 죽은 뒤에라도 "아름다웠다"고 말한 옛사람들이 부럽다. 글이 굳이 길지 않아도 된다. 특별한 형식이 있는 것도 아니니 이쯤이야 우리도 써볼 수 있지 않을까? 은근한 말로써 서로의 마음을 다독여주는 모습도 보고 싶다.

배우자의 죽음은 다르게 다가온다. 먼저 한 여인이 남편을 죽음으로 이별하며 쓴 편지는 가슴을 울린다. 서로를 지극히 아끼고 사랑했던 조선판 러브스토리의 주인공, 고성이씨 이응태 부부의 이야기이다.

1998년 4월 경북 안동시 정상동에서 무덤 이장작업을 하다가 목관 하나가 나왔다. 그 안에는 미이라가 된 남성의 시신이 있었다. 무덤의 주인은 180cm 가까운 장신으로, 원이라는 아들을 둔 이응태(李應台, 1556~1586). 그의 가슴팍에는 마지막으로 그의 아내가 써넣은 한글 편지 한 통이 있었다.

그 편지로 남편 이응태는 한동안 앓았고, 아내는 남편의 병이 낫기를 바라면서 자신의 머리칼을 잘라서 미투리 한 켤레를 삼았음을 알게 되었다. 머리칼로 미투리를 만들어 신

6) 7 『상촌집』 제60권

기면 병이 낫는다는 속설이 있기 때문이었다. 그러나 남편은 정작 그것을 신어보지도 못하고 삶을 버렸다.

원이 아버님께 올림

병술년 유월 초하룻날 집에서
자네 항상 나더러 이르기를 둘이 머리 세도록 살다가 함께 죽자 하시더니 어찌하여 나를 두고 자네 먼저 가시는가. 나하고 자식하고는 누구에게 구걸하고, 어찌 살라 하고 다 던지고 자네 먼저 가시는가? 자네 날 향한 마음을 어찌 가졌으며 나는 자네 향한 마음을 어찌 가졌던가. 늘 자네더러 함께 누워서 내가 이르되 이 보소, 남들도 우리같이 서로 어여삐 여기고 사랑할까? 남들도 우리 같을까? 하여 자네더러 이르더니 어찌 그런 일을 생각지도 않고 나를 버리고 먼저 가시는가. 자네 여의고 아무래도 나는 살 수가 없으니 얼른 자네한테 가고자 하니 날 데려가소. 자네 향한 마음을 이생에 잊을 길이 없으니, 어떻게 해도 서러운 뜻이 그지없으니 내 이 마음을 어디다가 두고 자식 데리고 자네를 그리며 살까 하나이다. 내 이 편지 보시고 내 꿈에 자세히 와 일러 주소. 내 꿈에 이를 보고 하실 말 자세히 듣고자 하여 이렇게 써넣네. 자세히 보시고 나더러 일러 주소. 자네, 내 밴 자식이 나거든 보고 사뢸(이를) 것 있다더니 그리 가시면 밴 자식이 나거든 누구를 아빠 하라 하시는가. 아무리 한들 내 마음이나 같을까. 이런 천지 같은 한이 하늘 아래 또 있을까. 자네는 한갓 그곳에 가 계실 뿐이거니와 아무리 한들 내 마음같이 서러울까. 그지그지 그지없어 다 못 쓰고 대강만 적으니 이 편지 자세히 보시고 내 꿈에 자세히 와 보이시고 자세히 일러 주소. 나는 꿈에서 자네를 보리라 믿고 있나이다. 몰래 모습을 보이소서. 하도 그지없어 이까지만 적나이다.

편지의 원문 제목은 '워늬 아바님끠 샹빅(上白)'이다. '원이 아버님께 써 올린다'는 의미. 편지에서 원이엄마는 남편을 '자네'라고 부르고 있다. 임진왜란 이전의 조선 전기 사회에서 남녀가 서로 존대하며 부르던 호칭이었다. 지금은 친구나 나보다 나이가 아래인 사람을 부를 때 쓰는 말로 정해져 있지만.

또, 편지를 쓴 날짜와 장소를 '유월 초하룻날 집에서'라고 하였으니 장례 과정을 감안할 때, 염을 하면서 하루 전에 써

넣었을 것으로 짐작된다. 조선 선조 19년인 1586년(병술년), 이들 부부는 원이라는 아들을 하나 두고 있었고, 아내는 유복자를 임신한 상태였다. 평소 그들은 "보소, 남들도 우리같이 서로 어여삐 여기고 사랑할까?"라는 말을 자주 주고받았다. 서로 애틋한 사랑을 한 사이였던지라 꿈에라도 그 모습을 보이라는 아내의 절규. 소박하고 평범하지만 아름다운 사랑을 보여주는 편지다.

아내를 잃고 쓴 다음의 시를 보면서 우리는 어떤 감정을 가져야 할까. 하나는 왕후의 삶을 산 선조의 딸 정숙옹주에 관한 것이고, 다른 하나는 박복하고 불행한 삶으로도 모자라 죽음마저 무척 쓸쓸한 시이다.

먼저, 잘못된 선택으로 집안이 몽땅 망가지고, 자신은 평생 곤궁함과 외로움에 헤매다가 삶을 마감한 김삿갓의 사례이다. 가족과 집을 버리고 나와 세상을 떠돈 김삿갓에게 아내의 죽음은 충격이었다. 김삿갓의 '아내를 잃고 스스로 슬퍼하다'(喪配自輓상배자만)이다.

아내를 잃고 스스로 슬퍼하다[喪配自輓]

만날 때는 늦더니 이별은 왜 이리 빨라

즐거움 맛보기 전에 슬픔만 이리 긴가

그대 제삿술은 잔칫날 남은 것을 썼고

그대 염습한 옷은 시집 올 때 입은 옷

창 앞 오래된 나무 복숭아꽃 다 피고

바깥 새둥지엔 제비 쌍쌍이 노닐건만

죽은 아내의 성품도 모르고 지낸 터라

어떤 사람이냐고 장모에게 물었더니

내 딸은 덕과 재주 다 갖췄다고 하더라

遇何晚也別何催

未卜其欣只卜哀

祭酒惟餘醮日釀

襲衣仍用嫁時裁

窓前舊種妖桃發

簾外新巢雙燕來

賢否即從妻母問

其言吾女德兼才

여기서 초일醮日이라 함은 결혼식 날을 말한다. 습의襲衣

는 염습을 할 때 죽은 이에게 입히는 수의壽衣를 가리키는 말이다.

아들 둘과 아내와 집을 버린 그가 처자식을 제대로 알았을 리 없다. 하지만 그렇다고 그가 처자식에 대한 연민의 정을 잊은 적이 있을까? 마음에 쌓아둔 한은 더 깊었을 것이다.

똑같이 귀한 남의 집 딸을 데려왔건만 그와 달리 삶이 유복했고, 끝까지 외롭지 않았던 왕후장상의 죽음은 어땠을까? 신흠의 아들 신익성이 부인 정숙옹주의 죽음을 슬퍼한 글이다.

죽은 아내 정숙옹주에 대한 제문(祭亡室貞淑翁主文)[7]

"죽은 아내 옹주의 발인發引이 다가오니 신익성(남편)[8]은 이해 12월 임자일[9]에 종복(하인)을 시켜 제물을 마련하게 한 다음, 술잔을 잡고 길이 애통해하면서 제수를 올리고 다음

---

7) 신익성이 자신의 아내 정숙옹주(1587~1627)의 죽음을 애도하기 위해 쓴 제문. 정숙옹주는 선조의 서녀로서 인빈김씨(仁嬪金氏)의 딸이다. 신익성의 아버지 신흠도 맏며느리인 정숙옹주를 위해 제문을 지었는데, 『한국문집총간』(72집 상촌고 권29)에 제종부정숙옹주문이라는 제목으로 수록되어 있다.

8) 동양위(東陽尉)라는 호칭으로 불렸다.

9) 1627년 12월 19일. 정숙옹주는 1627년 11월 5일 세상을 떠났으며 이해 12월에 광주(廣州)에 장사지냈다.

과 같이 고합니다.

힘들게 지켜온 집을 헌신짝 버리듯 내버려 두고 사랑하여 기른 여러 자식들을 내버려 두고 가버렸구려. 받들어 모시던 노모가 울부짖으며 제수를 올리는데도 아득하여 살피지 못하고 어여삐 여기던 아이가 젖을 못 먹어 앙앙거리는데도 아득하여 살피지 못하는구려. 아! 육신은 비록 사라져도 혼령은 알 터이니 옹주의 혼령이 알고 있다면 반드시 나의 정성에 감격하고 나의 말을 들을 것이오. 옹주가 일찍이 힘들게 지켜온 집, 사랑하며 기른 자식들, 받들어 모시던 노모, 어여삐 여긴 아이 모두를 이 몸에게 맡겨둔 채 아득하게 길이 떠나버린 것은 어째서입니까? 수년 동안 나는 매우 쇠약해졌으니 몸은 날로 야위어가고 머리털은 날로 세어서 봄여름 이후로 먹고 자는 것이 더욱 줄어들었답니다. 옹주는 일찍이 내가 병이라도 생길까 염려하여 술 마시고 외출하는 것을 자제하라 권하면서 자신을 자랑하기를 "근래 나는 밥도 더 잘 먹고 기운이 더욱 나서 피부 역시 예전보다 좋아졌다."고 하였는데, 이 말이 있은 뒤로 며칠 안 되어 갑자기 병이 들었지요. 병이 깊은데도 오히려 스스로 이 병은 며칠 안에 나을 수 있다고 하더니 지금 어찌 갑자기 이 지경에 이르렀단 말인가요. 옹주는 스스로 알지 못했던 것이지요. 옹주가 일찍이 정신과 근력이 남보다 좋다는 것을 믿고서 스스로 과용해서 갑자기 이 지경에 이른 것이 아닌가요? 아니면 옹주의 장수할 운명이 짧은 명운에 막혀버린 것이오? 그러나 실제로는 나의 어리석음이 허물을 쌓아 재앙을 만들어 옹주를 이렇게 만든 것이니 옹주의 잘못이 아닙니다. 나와 옹주는 어찌 다만 부부 사이 정만 있겠습니까. 침상에서는 친구처럼 서로 권면하는 유익함이 있었고, 환난을 겪을 때는 평소 본래 행하던 곧은 정조를 보았습니다. 일에 따라 경계하고 단호한 듯하지만 공손하였으며 옳은 일이면 권면하였으니 도움 되는 바가 컸습니다. 아름다운 덕을 거두어 품은 채 옹주는 나무토막처럼 덩그러니 불러도 대답하지 않으니 어찌 사람의 정리상 감당할 수 있겠습니까? 옹주가 나에게 이르기를 "길흉은 반드시 번갈아 생기는 법인데 우리가 오랫동안 곤궁했으니 이제부터는 마땅히 형통할 것입니다. 십수 년을 더 산다면 우리 자녀들이 모두 시집 장가를 갈 것이니 이 또한 인간 세상에서의 복입니다."라고 하였습니다. 그런데 조물주는 가득 찬 것을 시기하는지라 이에 이르러 천리가 어긋나고 말았습니다. 막중한 제사를 나는 누구와 함께 지내겠으며 자녀들의 혼사를 누구와 함께 하나요? 슬픔과 기쁨을 누구와 함께 나누겠으며, 문안 여주는 일을 나는 누구와 함께 하겠습니까? 지금 이후로 삶이 즐거울지 아닐지 상상할 수 있습니다.

옹주가 세상을 떠난 이후로 나는 살 마음이 없어졌습니다. 그러나 위로는 노모를 걱정하고 아래로는 아이들이 염려되며 또 옹주의 장례가 아직 끝나지 않았기에 억지로 밥을 먹고 스스로 슬픔을 억눌러가며 모든 일들을 처리하고 있습니다. 옹주를 염한 며칠 뒤에 우리 맏며느리를 비롯하여 장녀, 그 아래 며느리들, 평소 옹주가 부리던 여종들까지 불러다 옹주가 남긴 곳간을 둘러보고 크고 작은 것을 가리지 않고 모두 일일이 기록해 두었습니다. 옹주가 둘째 딸의 혼수로 준비한 것들은 상자에 넣어 별도의 장소에 보관하였고, 자물통과 기록은 모두 맏며느리에게 주었습니다. 옹주가 땅에 묻히고 나면 집안의 일은 모두 우리 아이와 며느리들에게 맡길 것입니다. 수입을 헤아려 지출하고 여러 종복들을 어루만지고 통솔하는 것은 한결같이 옹주가 있을 때처럼 하여 옹주의 뜻을 떨어트리지 않겠습니다. 황씨黃氏 집안과의 혼사[10]는 날을 미

10) 신익성의 셋째 아들인 신경(申炅)이 황일호(黃一皓)의 딸과 혼사를 맺은 것을 이른다.

루자고 약속하였습니다. 열아說兒와 종아終兒[11]는 옹주의 아우인 의창군義昌君[12]이 데려갔습니다. 의창군의 높은 의리와 그 부인의 어짊으로 자신의 자식 이상으로 보살피고 길러 줄 것이니 훌륭하게 자라기를 바랄 수 있게 되었습니다. 그러니 지하에서도 품고 있는 걱정을 풀 수 있을 것입니다. 임금께서 옹주의 죽음을 애도하여 예우해준 은혜는 천지처럼 헤아릴 수 없고,[13] 이조판서가 옹주의 덕을 기록하여 땅에 묻은 묘지문은 백 세에 이르도록 사라지지 않을 것입니다. 나 또한 옹주를 위해 수백 리를 내달려 광릉廣陵의 동쪽에 안장할 곳을 고르고 묘혈을 마련하면서 우측을 비워두어 훗날 함께 돌아갈 곳으로 삼았습니다. 나의 쇠락함을 헤아려보건대 어찌 이 세상에 오래 머물 수 있겠습니까. 오래 있어야 수십 년이고, 짧으면 몇 달일 뿐일 테니 옹주와 헤어진 시간은 얼마 되지 않고 함께 할 날은 무궁할 것입니다. 하염없이 눈물이 흐르고 목소리를 잃을 만큼 울부짖으니 이는 저절로 그리 되는

11) 신익성의 셋째 딸과 막내딸
12) 이광(李珖, 1589~1645). 선조의 여덟 째 아들로서 정숙옹주와는 남매 사이다. 신익성에게는 처남이 되며, 아이에게는 외삼촌.
13) 인조는 정숙옹주 부고를 듣고 크게 애도하여 이틀 동안 조회를 열지 않았으며 장례에 필요한 물품을 부의로 보내도록 명하였다.

것입니다. 한결같이 부들방석에 앉아 차나 달여 마시고 책이나 읽는 것을, 죽을 때까지의 내 계획으로 삼을 것이니 이러한 쓸쓸한 생애 또한 운명일 테지요. 아, 옹주가 예전에 나에게 음식을 차려준 일과 지금 내가 음식을 마련하여 옹주에게 제수로 올리는 일은 어찌 인사의 변고가 아니겠습니까. 아 애통합니다!"

이 제문을 보면서 2021년 4월 17일 영국 엘리자베스(Ⅱ) 여왕의 남편 필립의 화려한 장례식이 영국과 유럽에 특별생방송으로 중계되어 수백만이 지켜본 일이 떠오른다. 1947년 결혼 당시 은행잔고가 6.1파운드밖에 없는 날건달이 세계 최고의 부자인 공주를 만났다니? 그것이 누군가의 계획에 의한 게 아니었다면 만남조차 기이한 일이다.

그런데 사람들은 둘의 관계를 '영원한 사랑'으로 칭송하였다. 99세를 산, 영국 데릴사위 필립은 항상 여왕의 뒤 또는 옆으로 두 발짝 거리에서 동행하였고, 여왕이 보는 국가기밀 서류는 평생 한 번도 본 적이 없다고 할 만큼 자신의 위치를 철저히 지켰다. 그러면서도 엘리자베스는 필립이 없으면 중요한 결정을 하지 않았다고 한다. 그런 그가 원저궁의 여왕과 살았으니 당연히 삶은 화려하였다. 그러나 죽음은 더욱 화려하였다.

옹주는 비록 국왕의 서녀이지만, 어디까지나 프린세스 (Princess)이니 정숙옹주의 죽음도 필립의 죽음에 뒤지지 않을 만큼 화려했을 것이다. 그런데 그것만이 아니다. 상촌 신흠이 며느리 정숙옹주의 죽음에 부친 제문 또한 애틋한 정을 담고 있다. 신흠이 며느리의 죽음을 애통해하며 지은 제문을 본다.

종부 정숙옹주에 대한 제문(祭宗婦貞淑翁主文)
"성품이 온화하고 글은 밝고 은혜로우며 조용하며 곧고 정성스러워 선비다운 행실과 부인의 덕이 있었습니다. 한미한 집에 시집와서 좋고 궂은일 두루 겪으면서도 오로지 한결같았으니 온화한 주나라 공주님[14]보다도 훌륭하였습니다. 아들 다섯 형제를 낳았으니 밝은 구슬 고운 옥으로 만든 술잔 같은지라, 나의 뒤가 창성하길 바랐는데 하늘이 큰 복을 아끼어

---

14) 숙옹은 상대를 공경하며 온화한 모습을 의미한다. 『시경』 소남(召南)에 "어찌 숙옹치 않겠는가, 기마 탄 왕희(王姬)를 보라"고 한 말에서 유래했는데, 왕희는 주왕(周王)의 딸을 가리킨다.

장수를 못하게 하여 꽃다운 혜초(=난초) 막 피자마자 갑자기 꺾였습니다. 황천은 어둡기만 하고 묘혈은 아득하기만 하여 그 목소리와 모습 다시 볼 수 없으니 내 간장이 찢어지려 합니다. 아 슬픕니다. 이 술 한 잔으로 영결합니다.”

공주를 데려다 남부럽지 않게 살린 사람도 이렇듯 아내와 며느리로서 깍듯이 대하였건만, 넉넉하고 여유롭게 살리지도 못하고 평생 고생만 시키면서 마누라·며느리를 종놈 대하듯 반말이나 지껄이며 하대하는 놈들은 정신 차려야 할 것이다.

시아버지와 남편의 사랑과 정을 듬뿍 받고, 그들의 가슴에 별로 남았을 정숙옹주와 비교하면 김병연의 아내는 민망할 정도로 그 죽음마저 딱하다. 하늘은 똑같은 사람을 내고도 어이하여 빈부귀천은 각기 다르게 주었을까?

“꿈에 나서 꿈에 살고, 꿈에 죽는다”

아마도 사람들이 이런 노랫가락을 지어서 부르는 까닭이 거기에 있는가 보다.

선조들의 시와 그림 이야기
- 화인畵人의 벗, 시인의 꿈

언제부터인지는 알 수 없으나 시와 그림이 함께 하게 되었다. 시가 그림 속으로 들어간 것이다. 그림은 시를 얻어 내용이 풍부해지고, 시는 그림의 흥취를 돋운다. 그 둘은 서로 돕는 관계이다. 그림이 시를 얻으면서 시와 그림은 결국 하나가 되었다. 시가 그림으로 들어가 그림을 더욱 돋보이게 하였고, 시는 그림을 얻어 시인의 꿈을 좀 더 넓게 펼쳐놓을 수 있었다.

이런 바탕을 이룬 것이 시인과 화인이다. 화인은 시인을 벗으로 두어 자신이 미처 그리지 못한 것을 이야기로 풀어낼 수 있었고, 시인이 말로는 다 표현하지 못하는 세계를 화인은 백색 화선지에 펼쳐놓을 수 있었다. 결국 시와 그림은 시인과 화인의 협업에 의해 하나가 되는 까닭에 그 명칭을 화시畵詩 또는 시화詩畵라 해야 마땅할 것이다. 그렇지만 그림에 쓴 시는 말 그대로 "그림[畵]에 쓴[題] 시[詩]"이므로 제화시題畵詩라고 부른다. 그것을 달리 화제畵題라고도 한다.

화제 또는 제화시는 그림을 보면서 함께 읽는 시이다. 그것은 시인이 그림을 이해하는 시각과 더불어 화인의 그림 세계를 이해하는 길잡이 노릇을 해주며, 때로는 화인의 마음속에 숨어 있는 이야기도 들려준다. 화인이 하고 싶었으나 그림에 미처 표현하지 못한 이야기를 대신할 수도 있다. 화인은, 시인이 글자로 풀어내지 못한 이야기들을 지면에 풀어놓아 굳이 여러 말을 할 필요 없이 간결하게 나름의 세계를 드러낼 수 있다.

일찍이 조선의 문장가 서거정은 "시와 글씨, 글씨와 그림은 하나로서 묘한 것이다. 시는 성정에서 글씨와 그림은 마음과 손에서 이루어진다."[1]고 하였다. 또 중국 북송北宋의 곽희郭熙(1020~1090)라는 이는 "그림은 소리 없는 시이고 시는 형태 없는 그림이다"[2]고 하였다. 그의 저작을 사후에 엮은 『임천유고林泉遺稿』'화의畵意' 편에서 말한 구절이다. 곽희가 한창 활동하던 때, 소동파蘇東坡(1036~1101)[3]가 나타

---

1) 詩與書 書與畵同一妙也 詩出於性情而書畵成於心手 若能源於性情會之 心手之間其所得 有不期妙而自妙者矣 是以古之善詩者必善書 善書者必善畵 自唐鄭廣文王摩詰宋之蘇子瞻元之趙孟頫其人也…['인재 강희안의 시고 뒤에 쓰다'(題人齋詩稿後)]
2) 畵是無聲詩 詩是無形畵
3) 본명 蘇軾(소식)

나 왕유王維가 직접 그린 남전연우도藍田煙雨圖를 보고 이런 평가를 내렸다.

> "마힐摩詰(왕유)의 시를 음미하면 시 속에 그림이 있고 마힐의 그림을 보면 그림 속에 시가 있다."[4]

이것 또한 시와 그림을 한 가지로 본 데서 나온 이야기인데, 이로부터 '시중유화詩中有畵 화중유시畵中有詩'라는 유명한 명언이 나왔다. 시 속에 그림이 있고, 그림 속에 시가 있다는 말이다.

우리나라에서는 조선 시대 시화에 뛰어난 인물로 강희안姜希顔(1419~1464)을 꼽을 수 있다. 그가 아우 강희맹姜希孟(1424~1483)의 '해산도海山圖'라는 그림에 붙이기를 "시와 그림의 묘한 이치 말로 어이 따지겠는가. 세상에 누가 이 두 가지에 절묘할까?"라고 하였다. 또, 강희맹은 시와 그림을 하나로 보고, "당나라 시대 왕유의 화취와 시상이 절묘한 것을 그대는 보지 않는가. 또 인재(강희안)가 시와 그림을 사랑한

---

4) 味摩詰之詩 詩中有畵 觀摩詰之畵 畵中有詩

것을 보지 않았는가."⁵⁾라고 하여 강희안을 '시화일치'의 이
상적인 존재인 왕유에 견주었다. 왕유로부터 더욱 분명해진
시화일치의 시풍은 고려와 조선의 문인들에게 강렬한 영향
을 끼쳤다. 그래서 '회화시파'라 할 만한 하나의 시파를 형성
하였으며, 조선 후기에도 당송 시대 시인들 못지않은 우수한
시들이 여러 문인에 의해 쏟아져 나왔다.

　진일재眞逸齋 성간成侃의 '기강경우寄姜景愚'(경우 강희안
에게 보낸다)란 7언고시(『동문선』)에서도 시화일치에 대한 생각
을 엿볼 수 있다.

　시는 소리가 있는 그림이고

　그림은 곧 소리 없는 시다

　예로부터 시와 그림은 한 가지로

　그 경중은 조금이라도 나눌 수 없다

　선생 가슴 속엔 온갖 기괴함 감추고 있어

　시인지 그림인지 모르겠다

　이따금 흥이 나면 몽당붓을 집어 들고

⸺⸺⸺⸺⸺⸺⸺⸺⸺⸺⸺⸺⸺⸺⸺⸺

5) 君不見唐家有摩詰 盡趣詩思兩奇絶 又不見仁齋愛詩畵(作小障子歌求仁齋妙筆)

흰 명주 천 펼치고 휘둘러 그려낸다

잠깐 사이에 물 하나에 돌 하나 그리니

푸른 벼랑 늙은 나무 그 옆엔 맑은 물결

정로가 그대의 전신임을 알겠노라

종일토록 어루만져 마음이 기쁘니

가루와 먹이 어찌 오래 전해지지 않으리

하루아침에 연기처럼 떨어져 흩어지면

소리 있는 그림으로 옮겨감만 못하리라

귀에 들어가면 입이 열려 턱이 내려지고

천 년 만 년 사람들의 입에 머물 것이니

詩爲有聲畵

畵內無聲詩

古來詩畵爲一致

輕重未可分毫釐

先生胸中藏百怪

詩歟畵歟不可知

時時遇興拈禿筆

拂拭縞素開端倪

須臾一水復一石

蒼崖老木臨淸漪

乃知鄭老是前身

摩挲竟日神爲怡

雖然粉墨豈傳久

一朝散落隨煙霏

不如移就有聲畫

入人之耳解人頤

千古萬古留神奇

　　문인 관료 서거정 또한 이런 생각을 공유하고 있었다. 조선왕조 이씨 종실의 왕자로서 운산군雲山君이라는 인물이 소장하던 춘산도春山圖를 보고 지은 시에도 시화일치에 관한 그의 견해가 들어 있다. 이 그림에 서거정이 얹어놓은 시 제는 제운산군소장춘산도(題雲山君所藏春山圖). '운산군이 소장한 춘산도를 보고 짓다'라는 뜻이다. 운산군은 세종의 다섯째 아들인 이계李誠이다.

　　……

　　모래밭에 무리 지어 나는 새들 눈보다 희고

긴 하늘 강물이 멀리 흐르는 강 남쪽이라

아, 견줄 데 없이 아름다운 이 그림 한 폭

그대의 가택 흰 벽에 걸려 있네

꽃은 지지 않고 봄은 늙지 않아

봄은 또 봄이니 즐겁고 또 즐거워라

……

어찌하면 왕유 같은 삼매三昧의 솜씨를 얻어

시 속에 그림 있고 그림 속에 시가 있도록 할까

沙鳥群飛白於雪

天長水遠江之南

嗚呼此畫美無敵

掛君高堂之素壁

花不落兮春不老

春復春兮樂復樂

……

安得三昧手段如王維

詩中有畫畫中詩

강희맹은 '강 경우에게 부치다'라는 편지에서 자신의 형 강희안이 가진 재능을 이렇게 평가하였다.

당나라 마힐이 화취와 시사 두 가지 모두
뛰어난 것을 그대는 보지 못하였는가?
또 인재가 시와 그림 사랑함을 보지 못했는가
흉금이 호탕하여 조화에 참여하며
세상에 속된 그림들이 또한 수없이 많지만
신통하고 교묘한 고수는 실로 만나기 어려워라
겉모습을 본뜨고 그린 것은 누에처럼 많지만
실체를 그린 것은 오직 형에게서만 볼 뿐이네
어찌 다만 붓끝에 신을 전할 뿐이겠는가?
저 만 리 푸른 벌판을 내달리는 신묘한 재주
君不見唐家有摩詰
畵趣詩思兩奇絶
又不見仁齋愛詩畵
胷襟坦蕩參元化
世上俗畵亦無數
通神妙手誠難遇
模形寫肉蠶樣密

畵骨於兄繼見一
豈但傳神入毫素
尤工萬里滄洲趣

　이것은 『동문선東文選』(권8)에 실려 있는 '기강경우寄姜景愚'란 시다. 화취(畵趣)는 쉽게 말해서 그림의 성향이고 시사(詩思)는 시에 얹은 생각, 즉 시의(詩意)를 가리키는 말로 이해하면 되겠다.

　이와 같이 강희맹은 인재仁齋 강희안姜希顏을 그림과 시를 겸한 인물로 극찬하였다. 강희안이 왕유처럼 시와 그림이 모두 뛰어나다고 높이 평가하였는데, 강희안은 다음 시로 화답하며 겸양의 자세를 보이고 있다.

　시와 그림이 하나임은 묘하여 따지기 어렵다
　세상 누가 두 가지 다 높고 절묘하겠는가?
　젊어서 시에 뜻이 적어 그림만을 배웠으므로
　붓끝으로 이따금 재주와 조화를 부려 보았다만
　기교로써 용을 잡아도 사람들 헤아리지 못하더니
　그대가 지금 내 그림을 구하니 비로소 흐뭇하네

詩畫一法妙難詰
世間誰能兩高絶
少乏詩情只學畫
毫端往往驅造化
藝成屠龍人不數
君今求畫我始遇[6]

　동생의 칭찬에 겸손한 모습이지만 속으로는 무척 기뻤던
것이다. 이 시에는 강희안 역시 시와 그림은 둘이 아니라는
생각을 갖고 있었음을 보여준다. 이런 말들은 시와 그림이
하나란 미학적 인식을 바탕에 두고 있는 표현이다.
　조선 후기로 내려와 이덕무 또한 시와 그림에 능하였으며,
시화일치의 시풍을 계승하였다. 이덕무는 시인인 동시에 화
가였다. 이덕무는 "만일 그림에 전념한 나머지 거기서 헤어
나오지 못한다면 그것은 큰 잘못이다" 또는 "만일 그림에 도
취되어 뜻을 상하고 학업을 망친다면 그 해는 오히려 주색이
나 재화로 얻는 것보다 더 크다"고까지 말하였다. 그러면서

---

6) 舍弟景醇以小障求畫, 副之以詩, 作海山圖, 用其韻以示之라는 답시이다.

그는 『청장관전서』에서 "그림을 조그만 기예技藝라고 하여 멸시해서는 안 된다."[7]고 하였다. 또 "그림을 그리면서 시의 뜻을 모르면 색이 어둡거나 메마르게 되어 색칠의 조화를 잃고, 시를 읊으면서 그림의 뜻을 모르면 시의 맥락이 막히게 된다."[8]고도 하였다. 시와 그림을 한 가지로 보아 이런 말을 한 것이다.

그러면 왜 그림에 시를 써넣게 되었을까? 그림에 화시畵詩를 왜 써넣게 되었는지, 그 실마리를 '이제현이 백로 그림에 쓴 시'[題白鷺圖제백로도]는 다음과 같이 알려준다.

그림은 사람마다 쌓아두기 어렵지만
시는 곳곳 어디든 퍼트릴 수 있다네
시를 볼 때 그림을 보는 것과 같다면
그림 또한 만고에 전할 수 있으리라!

畵難人人畜
詩可處處布

見詩如見畵
亦足傳萬古

　제화시는 간단히 말하면 그림에 붙인 시이다. 그것으로 그
림 속에 등장하는 사물에 대한 설명을 하거나, 그림의 상징
성을 압축적으로 전하기도 한다. 구석구석 따라가며 그림에
대하여 세세한 설명을 곁들이는가 하면 그림을 그린 화인畵
人(화가)과 그가 그림을 그리게 된 사연, 또는 화인이 직접 말
하기 곤란한 화의畵意를 풀어놓을 수도 있다. 그러나 그 외
에도 다른 뜻이 더 있음을 이제현은 명확히 하였다. 많은 화
인들의 그림을 한 곳에 쌓아두고 볼 수 없을지라도, 또 그림
이 없어진 경우에도 그림을 오래도록 전하기 위함이라고 하
였다. 따로 '화시'만 가지고도 그림을 다시 복원할 수 있다는
뜻을 남긴 것이다.
　이렇게 그림과 시가 하나로 합쳐지면서 또 하나의 새로운
용어가 탄생하였으니 그것이 바로 독화讀畵라는 말이다. '그
림을 본다'는 말 대신 '그림을 읽다'라고 의미를 부여한 것이
다. 그림 속에 시가 있으니까. 언제부터 시작된 것인지는 모
르지만 그것이 누가 그린 그림이든, 화면에는 그림을 돋보이

게 하는 시가 늘 함께 하였다. 제화시題畵詩는 그림을 더욱 돋보이게 한다. 그림으로 표현하지 못한 이야기들을 전하거나 그림에 대한 설명, 그림에 표현되어 있는 사물이나 그것을 그린 이의 생각, 그림에 대한 평가와 같은 것들을 표현할 수도 있지만, 그보다도 때로는 그림의 구도를 맞추는 데에도 시가 이용되기도 하였다.

그림에 써넣은 시들, 그 가운데 꽃을 소재로 다룬 문인들의 작품에서 우리는 무엇을 얻을 수 있을까? 시와 그림, 즉 시화詩畵의 세계를 들여다보면 선조들의 철학과 함께 그들이 추구한 미학 세계로부터 평범한 생활에 이르기까지 그 모든 것들이 지금의 우리와 어떻게 다르고 같은지를 살펴볼 수 있다. 따라서 그림과 화시는 옛사람들의 시와 그림 세계뿐만 아니라 정신세계를 열어 볼 수 있는 열쇠이다.

먼저 조선 전기의 유명화가 안견에 관한 이야기이다. 서거정徐居正(1420~1488)은 안견安堅의 만학쟁류도萬壑爭流圖라는 산수도에 비교적 긴 시 한 편을 써넣은 일이 있다.[9] 물론 이 그림은 지금은 전해지지 않는다. 다만 '온갖 골짜기에 다

---

9) '만학'은 만 개의 골짜기, '쟁류'는 여러 개의 물줄기가 서로 다투어 흐르는 것을 말한다.

투어 흐르는 물을 그린 그림'이라는 뜻의 만학쟁류도라는 제
목과 '안견의 산수도 겨울 경치에 붙인 글'[題安堅山水圖冬景]
이라 하여 서거정이 써넣은 글이라는 설명으로써 그림의 내
용을 대략 알아볼 수 있다.

제안견산수도동경[題安堅山水圖冬景]

강가의 구름 어두워지며 눈을 빚어내니

옥룡이 밤에 얼어서 비늘껍질 갈라진 것인가

앞산 뒷산 모두 희고 천지가 하얗게 번했네

물가는 맑고 모래는 희며 강물은 마실 수 있어

멀리서 바라보니 늙은 나무는 구름처럼 검고

솔바람 노하여 큰 파도소리처럼 시끄러워라

발 걷고 맑은 창문 열어 놓은 곳은 누구 집인가

화로를 끼고 앉아 따뜻한 술잔 나누리

어부는 어디를 향하여 가고 있는지

짧은 노를 저으며 포구로 돌아오네

노승은 짧은 지팡이를 끌고 발길 가는 대로 걷는데

절은 허무한 곳에 있어 어딘지 알 수 없구나

옛날 나귀를 거꾸로 타고 매화 구경하던 일 생각해보니

아직 눈 내릴 때가 아닌데 강가에 눈이 내리려고 하였지

당시엔 나 또한 그림 속에 있는 사람이었다네

그림 속에 서있는 줄 모르고 또 시를 지었지

내 지금 그림을 펼쳐 손으로 매만지니

어깨가 떨리고 눈이 아찔하네

늙어서 섬계剡溪에 갈 흥이 나지를 않아서

돌솥에 차 달인 도공을 흉내 내어 본다네

江雲黯黯釀作雪

玉龍夜凍鱗甲裂

前山後山白皚皚

渚清沙白江可啜

遙看老樹黑如雲

松風怒作洪濤喧

誰家簾幌開晴窓

火爐擁坐杯氤氳

漁舟之子向何許

短棹歸來入浦潋

老僧信脚携短筇

寺在虛無不知處

憶昔探梅驢倒騎

江天欲雪未雪時

當時我亦畫中人

畫中不覺又有詩

我今披圖手摩挲

玉樓亦粟銀海花

老來無興到剡溪

石鼎聊時陶公茶

　저녁 무렵부터 내린 눈으로 온 천지가 뒤덮인 설경을 그려
냈다. 앞산 뒷산 깊은 산이 온통 하얗고 솔바람 소리가 우렁
차다. 강가엔 흰 모래밭. 그 모래밭을 하얀 눈이 덮어버렸다.
어부가 젓는 배는 포구로 돌아가고 있고, 절은 보이지 않건
만 노승은 지팡이를 끌며 부지런히 길을 가고 있다.

　시인은 화폭을 구석구석 더듬으며 그림을 설명하고 있어
이 시만 읽어도 어떤 그림인지를 금세 알 수 있게 하였다. 그
림 속 또 한 폭의 그림이 바로 이 시이므로, 시를 따라가다
보면 어느새 내가 그림을 보고 있는 게 아니라 시인의 지시
대로 그림을 그리고 있는 듯한 착각에 빠진다. 사방이 눈으

로 덮인 설경을 바탕으로 강가의 늙은 소나무와 솔바람 소
리, 창문을 열어 놓은 강가의 집, 화로를 끼고 앉아 술을 마
시는 사람, 배를 저어 돌아오는 어부, 절을 찾아가는 노승의
발걸음과 대나무 지팡이를 든 모습이 섬세하게 그려져 있다.

　시인은 그림 속의 설경을 바라보면서 지난날 매화가 피어
온 세상이 흰색으로 물들어 있던 경치를 떠올리고 있다. 언
젠가 그 매화꽃 세상 속에 자신이 서 있었던 모습이야말로
한 폭의 그림이었음을 산수도의 설경에서 떠올리며 이렇게
말하고 있는 것이다.

**"그때 나 역시 그림 속에 있었지. 그러나 그림 속에 사람이
있고, 시가 있다는 걸 알지 못했네."(當時我亦畵中人畵中不
覺又有詩)**

　그렇게 생각하면서 온통 매화꽃으로 가득 찬 경치와 설경
을 겹쳐놓아 우뚝하고 깊은 산에서 계곡물이 콸콸 쏟아지는
장관을 실제 모습 그대로 그려내고 있다. 시인은 시와 그림,
현실과 환상을 넘나들며 독자를 취하게 만들고 있다.

　충암冲菴 김정金淨(1471~1527)은 과거에 급제하여 젊은 나

이에 이미 시로 이름이 나 있었고, 절의도 넘쳐서 사람들로부터 존경을 받았다. 남곤南袞의 문장과 절의 또한 그에 못지않았다. 그러나 선비들이 남곤을 천하게 여기고는 모두들 남곤을 소인배로 지목하였다. 그의 행적에 대하여 이런 기록이 전해온다.

"남곤 등이 기묘년에 많은 이들을 죽음으로 몰고 갔다. 애초 남곤은 그들을 파직시키는 데 목적을 두었지 죽일 생각은 없었다. 그런데 중종이 그들의 말을 지나치게 믿어 매우 무겁게 처분하였으므로 조광조와 충암 김정 등이 마침내 죽음을 받게 되었다. 남곤이 후회는 하였지만 제가 설치해놓은 함정을 자신이 구해낼 수 없었으므로 그들의 죽음을 눈으로 보고 한평생 한스럽게 여기고 살았다.(『월정만필』).

그럼에도 남곤은 직제학直提學이라는 높은 직책에 있었다. 두 사람은 우연히 친구 집에서 만났다. 그때 김정은 많이 취해서 토하고 자리에 누워 있었다. 남곤이 오는 것을 보고도 그대로 누워 있었는데, 주인이 찡그리며 일어나게 하니 비로소 덥수룩하게 헝클어진 머리로 일어나 앉으며 남곤을 보고 말했다.

"어떤 놈이 와서 내 꿈을 깨우는 거야?"

그러나 남곤은 공손하게 대하며 말했다.

"청빈한 선비의 높은 이름을 듣고 항상 책 속의 인물과 같이 여기며 한 번 보고자 했으나 기회가 없었는데 다행히 오늘에 보게 되었소. 내가 새로 위천도渭川圖의 칸막이(병풍 종류)를 얻었는데, 다행히 좋은 작품으로 칸막이를 꾸미게 되었다오."

그리 말하고는 하인을 집에 보내어 칸막이를 가지고 와서 내놓았다. 김정이 취한 상태에서 붓을 휘두르며 별로 사양하지 않고 또 깊게 생각하지도 않으면서 써나갔다.

강남에 좋은 곳이 있기에
밤에 꿈속에서 거닐었다네
꽃 핀 마을에서 술을 사려고

분명 이 다리를 지나가리라

江南有樂地
夜裏夢逍遙
自買花村酒
分明過此橋

　김정은 남곤보다 열다섯 살이나 아래였다. 남곤은 높은 벼
슬자리에 있었으나 김정은 벼슬도 없는 가난한 선비였다.
『시화총림』과 『어우야담』은 그 내용을 소상하게 기록하였
다.

　"그가 이렇게 쓴 까닭은 그림에 사람이 술통을 지고 다리를
　건너가고 있었기 때문이다. 남곤이 여러 번 읊고 칭찬하며 부
　끄러울 정도로 사례하고 갔다. 시는 풍속의 교화와 상관이 있
　다. 바로 사물의 형상과 사정을 읊을 뿐만 아니라…오늘날 민
　몽룡閔夢龍 상국相國이 시인을 배척하여 말하기를 '시를 짓
　는 자가 시사時事를 많이 풍자하면서 혹은 냉대하고 혹은 시
　안詩案으로 죄를 입기도 하니 마땅히 배우지 않을 것이다'고
　하였다. 상서尙書 정종영鄭宗榮도 자손들이 시를 배우는 것

을 경계하였다. 내 생각에는 두 사람이 비록 자신을 보호하는 계책으로는 좋았다 하겠으나 옛사람들이 시 삼백 편을 남긴 뜻은 전혀 없다."

그러나 위 김정의 제화시에는 그토록 경계하던 풍자도 없고 냉대도 없다. 그저 시인의 눈에 비친 대로, 그림에 그려진 대로 풍경을 묘사하였을 뿐이다. 시로써 출세 길이 막히고 필화를 입은 사례가 조선 사회에서 유독 많았던 때문인지는 모르겠으나 김정은 그저 눈에 비친 대로, 그림에 그려진 대로 풍경을 묘사하였을 뿐이다.

남곤과 별로 관계가 좋지 않았던 인물로 남주南趎가 있다. 중종 9년(1514)에 진사과 문과에 과거 합격하여 홍문관 관리를 지낸 문인으로 본관이 고성남씨였다. 남곤이 그를 데려다 쓰려고 불러서 "자네 글이 빼어나다 하니 시 한 수만 보여주게" 하고 청했다. 마침 화분에 심은 매화를 가리키며 그것을 소재로 지어보라고 하자 남주가 즉시 이렇게 읊었다.

화분의 한 줄기 가지 비록 약해도
천추의 눈 같은 자태 호걸답다만

너의 굽은 가지를 누가 곧게 펴서

저녁 구름 위로 높이 세우겠는가

一朶盆莖弱

千秋雪態豪

誰能伸汝曲

直拂暮雲高

　평이한 시이건만 그 뜻이 너무 직설적이다. 남곤을 은근히 빗댄 것인데, 남곤이 이 시의 뜻을 알고는 크게 화를 내며 관계를 끊어버렸다. 남주가 쓴 촉영부燭影賦와 더불어 이 시로 말미암아 남곤의 미움을 받은 남주는 끝내 전라도 영광 땅으로 내려가 숨어 살았다. 그의 나이 스물여덟 때였다.

　이규보가 쓴 '방장方丈 월사月師의 두 그림 족자를 읊다'라는 시도 제화시이다. 그림의 제목이 협죽도화(夾竹桃花)이니 협죽도꽃을 이르는 게 아닐까 생각할 수도 있겠다. 夾은 좌우에 무엇을 거느리거나 '끼다'라는 뜻을 갖고 있다. 글자 그대로 풀면 '대나무를 끼고 있는 복사꽃'이라는 뜻이 된다. 실제로 족자에 그린 그림은 대나무와 복사꽃. 그런데 승려

는 무슨 뜻으로 대나무와 복사꽃을 함께 그렸을까? 대나무
는 곧은 군자이고, 협죽도 꽃은 어여쁜 미인. 그러나 둘은 식
물이란 공통점 한 가지만 빼고는 같지도 않고 서로 어울리는
것도 아니다. 더구나 복사꽃은 눈 서리를 모르니 모진 추위
에도 꿋꿋한 대나무의 짝은 될 수 없다고 시인은 보았다. 그
것이 월사의 족자 그림을 이해한 이규보의 안목이었다.

> 푸른 대나무는 본래 꿋꿋한 군자이고
> 복사꽃은 참으로 아름다운 여인이라
> 예쁜 얼굴에 아양 떠는 웃음으로
> 이 늠름한 위풍에 덤벼들려 하지만
> 대야말로 남다른 굳은 절개 있으니
> 어찌 쉽사리 너에게 흔들릴 것이냐
> 또 억지로 잠시 매달린다 할지라도
> 네 어찌 눈서리 내리도록 견딜 것이냐
> 더위와 추위에 너는 보전할 수 없는데
> 네가 어찌 대나무의 배필이 되겠는가
> 綠竹是君子
> 桃花眞美姬

天顔巧媚嫵

干此凜凜姿

此君孤節苦

爭肯爲爾移

暫時強攀附

能到雪霜隨

炎凉不相保

安用配君爲

　이 외에도 고려 시인 이규보가 '요화백로蓼花白鷺'라는 그림에 써준 제화시가 있다.

　앞 여울에 물고기 새우 많아

　물살 헤집고 들어가려는데

　사람을 보고 갑자기 놀라 일어나

　여뀌 핀 언덕으로 다시 날아와

　목을 빼 들고 사람 돌아가기 기다리니

　털옷이 온통 부슬비에 젖는구나!

　마음은 아직 여울의 고기에 있는데

사람들은 기심을 잊고 서 있다고 하네

前灘富魚蝦

有意劈波入

見人忽驚起

蓼岸還飛集

翹頸待人歸

細雨毛衣濕

心猶在灘魚

人導忘機心

요화백로蓼花白鷺라는 제목을 갖고 있는 두 번째 시는 청
빈한 사람을 상징하는 백로를 관찰하여 그 마음을 표현한
다. 그러나 속뜻은 그와 정반대이다. 청렴을 가장한 탐욕스
런 사대부로 희화화한 시라고 할 수도 있다. 세상 사람들은
백로의 본질을 왜곡하고 있지만 화자는 그것을 간파하고 있
다. 요화蓼花는 여뀌꽃이다. 『동국이상국집』(2권)에 전하는
이 시는 물가에 가득 핀 여뀌꽃과 백로를 소재로 하여 세상
의 모순을 드러내고 있다. 기심機心이라는 시어詩語는 기회
를 엿보아 이득을 취하는 백로의 마음을 의미한다. 물고기에

마음이 가 있는 백로는 사람을 엿보고 있다. 그 백로를 '고고 하다'고 말하는 세상 사람들의 인식을 통해 어떠한 현상이나 대상의 성격이 제대로 파악되지 못하고 왜곡되는 세태를 비판한 것인지도 모른다. 그림은 전해오지 않지만 제화시를 통해 대략 어떤 그림이었을지 짐작이 간다.

붉은 여뀌꽃과 백로의 조합은 중국의 시인들이 일찍부터 만들어냈다. 물론 우리나라에도 물가에 여뀌가 있고 백로도 있었으니 이런 궁합을 자연스럽게 받아들일 수 있었다. 백거이白居易(772~846)[10]의 '어부漁父'라는 시에도 여뀌와 백로가 어울려 논다.

> 흰 머리 늙은 어부 갯가에 살며
> 물에 사는 게 산보다 낫다고 하네
> 푸른 부추잎 위에 서늘한 바람
> 여뀌꽃 가에 해오라비 한가롭다
> 종일 배를 띄워 안개 속에 갔다가
> 저물면 노 저어 달빛 속에 돌아오네

10) 자(字)가 낙천(樂天)이다.

탁영가 그치고 물가는 고요한데
대숲길 끝에 사립문이 열려 있네

雪鬢漁翁駐浦間
自言居水勝居山
青菰葉上涼風起
紅蓼花邊白鷺閑
盡日泛舟烟裏去
有時搖棹月中還
濯纓歌罷汀洲靜
竹徑柴門猶未關

대나무에 기댄 화인과 시인의 뜻

양사언과 마찬가지로 일찍이 노죽·풍죽·신죽을 노래한 이
규보의 제화시도 있다. 제목은 '학사 정이안이 묵죽 네 줄기
를 그려주기에 각각 찬을 짓다'[丁學士而安掃與墨竹四幹各作
贊云]이다. 정이안丁而安은 고려 고종(1213~1259) 때의 문인화
가로서 시문과 묵죽도로 유명하였다. 그의 묵죽도는 노죽露
竹, 풍죽風竹, 노죽老竹, 신죽新竹 등으로 구성되어 있다.

노죽(露竹)
우뚝 선 외로운 대나무
사는 것 역시 간구하다
하늘이 그를 가련히 여겨서
이슬로 적셔주었네
스스로 하늘의 뜻 익혀서
눈을 맞아도 겁내지 말라
介然孤竹
生亦艱澁
天其憐之

露以濡濕

宜體天意

逢雪勿怯

시에서 설명하였듯이 노죽은 이슬 맞은 대나무이다. 다음
의 '풍죽'은 바람 속에 서 있는 대나무.

풍죽(風竹)

너에게 소중한 것은

곧은 절개뿐이리라

흔들리며 몸을 가누지 못하는 건

바람이 시켜서 하는 일이지

바람 역시 본래 빈 것인데

누가 대나무를 흔들 수 있을까

所貴於汝

節直而已

低昂不持

迺風所使

斯亦本空

執披拂是

　속 빈 대나무이지만 절개가 있는 몸인데 함부로 흔들리지 말라는 뜻을 전하고 있다.

　노죽(老竹)
　차라리 늙어서 꺾일망정
　절개야 어찌 변하겠는가
　옥은 비록 부러질지라도
　그 정절은 그대로이듯
　잎사귀는 커서 떨어지지 않고
　오히려 맑은 바람 불러들이리
　寧老而摧
　節則安改
　如玉之折
　其貞尚在
　葉大不隕
　猶召淸籟

늙은 대나무, 즉 오래 묵은 대나무의 절개를 말하고 있다.

신죽(新竹)
흙을 뚫고 돋아날 적에
비단 같은 껍질에 싸였더니
누가 그 목을 뽑아 당겼나
솟아난 그 모습이 어여쁘네
높이 하늘을 막을 수 있지만
높으면 위태롭기 쉬워라
擘地而生
芳苞錦衣
誰擢其頸
挺然其猗
干天亦可
高則易危

대나무를 대상으로 그린 이 네 편의 시에서 이규보는 바람
에도 꺾이지 않는 절개와 높은 기상을 그리고 있다.
그러나 그가 그리고자 한 것은 대나무가 아니다. 실제로

는 사람을 그린 것이다. '신죽' 편의 맨 마지막 행에서 '높으면 위태롭기 쉽다'[高則易危고즉이위]고 한 말에는 깊은 함의가 있다. 사람도 기상과 절개가 너무 높으면 비바람에 꺾이기 쉽다. 또 '높이 올라가면 바람을 타기 쉽다'는 우리네 인생사를 말하고 있는 것이니 높이 올라가려 할 때는 떨어지거나 내려올 때를 대비해야 할 것이다. 정약용은 그에 대한 경험을 "높이 오르면 떨어질까 항상 걱정이지만 떨어지고 나면 마음이 후련하다."(登高常慮墮旣墮心浩然)고 말한 바 있다.

고려와 조선의 문인으로서 대나무를 그려보지 않은 이는 한 사람도 없을 것이다. 아마도 정이안의 대나무 그림 네 폭은 대단히 세련된 솜씨를 보인 작품이었던가 보다.

대나무를 잘 그리기 위해서는 어떻게 해야 하는가? 조선 후기의 문인화가였던 강세황姜世晃(1713~1791)은 대나무를 그리기 전에 이미 '마음속에 대나무가 이루어져 있어야 한다'는 뜻에서 흉중성죽胸中成竹이란 표현을 썼다. 그림을 그리기 전에 먼저 마음에 구도와 기획이 잡혀 있어야 한다는 뜻이니 디자인(Design)의 중요성을 일깨운 말이다. 이것은 문인화가는 물론, 관료화가인 화원들에게조차 큰 가르침으로 남았다. 즉, 화가에게 반드시 필요한 사의寫意 정신을 나타낸 표현이다.

그림이란 있는 모습을 그냥 따라 그리는 것이 아니다. 대상의 본질이나 그것이 갖는 상징성까지 마음으로 꿰뚫어 보고, 눈에 보이지 않는 세계까지도 그려낼 수 있어야 함을 강조한 것이기도 하다. 이 말은 사군자에도 두루 적용된다. 매화를 그리려면 흉중성매胸中成梅가 전제되어야 하고, 난초를 그리려면 먼저 흉중성란이 마음속에 이루어져 있어야 한다. 어느 대상이든 화가나 작자의 마음속에 심상心像이 완성된 뒤에야 그것을 지면에 풀어놓을 수 있다는 뜻이다. 앞에서 강희맹이 그의 형 강희안에게 보낸 편지에서 "골수骨髓를 그린 것은 형에게서만 겨우 볼 수 있다"(畫骨於兄纔見一)고 하였는데, 여기서 '골수를 그린다'고 한 것은 바로 '평범한 사람의 눈에는 잘 보이지 않지만 그림의 대상이 갖고 있는 실체'이다. 그것을 제대로 드러내 주어야 함을 말한 것으로 이해하면 되겠다. 한마디로 요약하면 골자骨子가 무엇인지, 겉모습만 그리지 말고 그 핵심을 그려야 한다는 말이다. 여기서 비로소 그림이 갖는 상징성, 즉 화의畫意를 강조한 뜻을 알 수 있다. 화의가 없으면 그림은 껍데기이다.

조선 후기에 주로 활동하며 통신사의 일원으로 일본에도

다녀온 바 있는 선석仙石 신계영辛啓榮(1577~1669)은 시쳇말로 그 당시 '새로이 외국 물을 먹은' 사람이었다. 그에게도 빼어난 제화시가 몇 수 있다. 누구의 그림에 써 준 시인지는 밝히지 않고, 그저 '그림에 쓰다'[題畫제화]라고 하였으니 그림에 써넣은 화시畫詩가 분명하다.

갈대밭 물가에 가을바람 일어나고
밤은 싸늘한데 안개 낀 물 펼쳐졌네
고기 낚는 노인이 작은 배에 서서
홀로 찬 가을 강의 달을 낚는다
蘆渚生秋風
夜凉烟水濶
漁翁立小舟
獨釣寒江月

가을바람 부는 갈대밭이 강가에 펼쳐져 있다. 강에는 안개가 깔려 있다. 작은 쪽배를 탄 노인 하나. 홀로 서서 낚시를 하고 있다. 고기가 잡히는지는 알 수 없다. 다만 수면에 내리비친 달을 낚고 있는 듯한 모습이어서 독조한강월獨釣寒江

月이라고 하였다. 찬 가을 강에서의 낚시를 매우 낭만적으로 그리고 있지만, 이 구절은 저 유명한 당나라 시인 유종원柳宗元의 강설江雪[1]이란 시 가운데 독조한강설獨釣寒江雪 (홀로 찬 강에서 눈을 낚는다)에서 빌려 썼다. 하기사, 차가운 강에서 눈을 낚는 사람보다는 달을 낚는 이가 더 멋있어 보이기는 한다. 유종원의 시로 보면 신계영의 시는 강월江月이나 조월釣月이란 제목을 달아야 하지 않았을까? 앞에서 남곤이 갖고 있던 위천도渭川圖에 충암 김정이 제화시를 써넣은 것과 마찬가지로 강에서 낚시하는 노인네 그림에 쓴 것이 분명하다. '위천'은 일찍이 강태공 여상呂尙이 낚시를 하면서 주왕조의 문왕과 무왕 부자를 만난 곳이라는 중국 서안의 위수 (渭水)를 이른다.

한편, '전원사시가田園四時歌'는 신계영이 효종 6년(1655) 무렵에 지은 것으로 추정된다. 이것은 한시가 아니라 본래 시조인데, 양력으로 치면 2~4월 초순 무렵을 그린 것으로 볼 수 있을 것이다.

---

1) 千山鳥飛絶 萬徑人跡滅 孤舟簑笠翁 獨釣寒江雪

봄날이 점점 길어져 잔설이 다 녹았다

매화는 벌써 지고 버들가지 누르렀다

아희야 울타리 고치고 채전菜田 갈게 하여라

채전菜田은 마당 밖에 마련한 채소밭을 이른다.

양반가의 세력 있는 사람으로서 평생을 순탄하게 살았을
것만 같은 신계영에게도 아픈 삶이 있었다. 아들과 며느리의
죽음을 본 것이다. 그래서 죽은 아들과 며느리를 애도하며
지은 시가 있다. 14년 전, 세상을 떠난 아들을 그리워하며 지
은 시 '죽은 아들을 슬퍼하며'[悼亡子도망자]에는 자식에 대한
아버지의 애틋한 정이 실려 있다.

"네가 갑자기 나를 버리고 떠난 지 이제 열네 해 된 봄이란
다. 여자라면 화장을 하고 좋은 배필 맞이했을 것이고, 남자
라면 학문을 하여 훌륭한 사람이 다 되었겠지. 청초하기만 한
외로운 과부 모습과 시들어가는 두 노인 신세. 혼은 이런 줄
아는지 모르는지, 너는 어디서 누구랑 이웃하고 있느냐?"

신계영은 후에 며느리도 앞세웠다. 며느리의 죽음을 마주

하고, 병으로 장례에 가지는 못하지만 깊은 슬픔을 표현한 글이 더 있다. 바로 '며느리 장례일에 병으로 가지 못하고 슬픔을 적다'(子婦葬日病不能往舒悲)이다.

"끝없는 지병이 점점 더해서 외로운 밤 추운 서재에 눈물만 옷깃에 가득하다. 떠올려 보면 우뚝 솟은 산, 남아 있는 눈 안에 새 무덤 하나. 구름 깊숙한 속에 얼어붙었겠지. 초가집 닭 울고 새벽빛 다해가는데 작은 창 외로운 침상에 가벼운 추위가 밀려든다. 늙은이 잠 깨어 옷 걸치고 일어나 슬프게 앞산 바라보니 눈물 마르지 않는구나."

나이 들어 자식과 며느리의 죽음에 괴로워하는 늙은 부모의 처연한 심정을 고스란히 느끼게 한다.

이번에는 석주 권필權韠의 제화시이다. '우계牛溪 선생의 시에 차운하여 박생朴生 수경守慶의 유거幽居에 제題하다' 라는 제목이 붙여져 있다. 우계 선생은 성혼을 이른다. '박수경의 그윽한 거처(처소)에 쓰다'는 2수로 된 시이다. 그곳이 어딘지는 알 수 없지만, '삼등三登'에 있는 박수경의 별서에 들렀을 때 그 집에 붙여준 시로 볼 수 있다.

땅이 외지니 인적은 없고

숲이 깊으니 새소리 있어

비로소 알겠구나 별세계가

무릉도원에만 있는 게 아님을

地僻無人跡

林深有鳥言

方知別世界

不獨在桃源

좁은 골짜기 안의 옛 마을 터

숲 가로 푸른 시내가 흐르고 있다

여기에 띠집을 짓고 살 수 있다면

시내 서쪽에 집터를 잡고 싶어라

峽裏村墟古

園林帶碧流

茅茨如何托

願卜水西頭

위 시에서 '시내 서쪽에 집터를 잡고 싶다'(願卜水西頭)고 한 구절은 "완화계 흐르는 물, 물의 서쪽 편에 주인이 숲과 못 그윽한 곳을 집터로 잡았노라"(浣花溪水水西頭 主人爲卜 林塘幽)고 한 당나라 시인 두보杜甫의 시 '복거卜居'에서 한 구절 따온 것으로 볼 수 있다. '띠집'은 띠풀[茅]로 지붕의 이엉[茨]을 엮어 만든 집으로서 흔히 모옥(茅屋)이라고도 하였다.

다음은 박제가朴齊家(1750~1805)의 제화2수응령題畫二首應令이란 제목의 시이다. 누군가가 그린 문인화의 화제畫題로 읊은 것인데, 시를 읽다 보면 자연스레 그림의 내용을 알게 된다.

짧은 풀 우거진 곳에

돌틈에서 나는 물이 있음을 알겠네

새는 먹이를 쪼느라 정신이 없고

대나무에 이는 바람 소리뿐

茸茸短草間

知有石根水

鳥啄莫相疑

颼颼風竹耳

그림에 써넣은 시는 간단하면서도 강렬하다. 시인은 '석근수'가 있음을 먼저 말하지 않았다. 봄철 함초롬히 솟아난 짧은 풀밭을 펼쳐놓은 뒤, 시각을 좁혀 그 풀밭 한 곳에 '석근수도 있음을 알겠네'라고 은근한 말로 드러내었다. 석근수石根水는 곧 석간수石澗水이다. 그것을 다른 말로 석천石泉이라고도 하니, 모두 다 '돌틈에서 나는 샘물'을 뜻한다. 석간수가 풀밭 돌틈 사이에서 흘러나오고 있다. 거기서 가까운 나무에서는 새들이 먹이를 쪼느라 바쁘다. 대나무에서는 솔바람을 닮은 바람 소리가 인다. 그러나 어디에도 인적은 없다.

앞의 시에서 석주 권필은 푸른 시내 서쪽에 띠집을 짓고 살고 싶다는 속내를 드러냈으나 박제가는 그런 말조차 하지 않았다. 그림을 보면, 비로소 그 은근한 뜻이 큰 울림을 가질 텐데. 남아 있는 그림이 없으니 아쉬울 뿐이다.

글솜씨로 이름이 나 있던 사람이라 박제가는 다른 사람의 그림에 시를 많이 써주었다. 그의 '제춘원미인도題春院美人圖'는 봄날 뜨락에 나타난 미인을 그린 시이다. 그러나 이 시 속에는 미인에 관한 이야기는 없다. 다만 종종걸음으로 치마폭 한 끝을 감싸 쥐고 행랑채를 돌아서 가는 여인이 있을 뿐이다.

> 바람에 지는 꽃술은 물고기 비늘
> 소나무 빛은 비취색으로 흐르네
> 신발 끄는 소리 들리는가 했더니
> 행랑 돌아 사라지니 꿈만 깨었네
> 落蘂飄魚鱗
> 松光流翡翠
> 如聞屧響來
> 夢斷廻廊邃

　'봄철 뜨락의 미인을 그린 그림'이라고 하나 여태껏 그림
이 남아 있지 않으니 실제로 그림 속의 여인이 미인인지 아
닌지 그것은 알 수 없다. 그림으로 보면 아는 일이겠지만. 미
인도라고 하였으니 그림 속 여인은 분명히 미인이었을 것이
다. 박제가는 의도적으로 미인을 화제에서 빼버렸다. 미인이
어떻게 생겼는지, 머리와 비녀, 얼굴과 코, 입의 생김새, 옷매
무새 등은 말하지 않았다. 그것은 그림으로 보면 되는 것이
니 보는 이마다 각자 알아서 판단하면 될 일. 오히려 꽃과 푸

른 소나무 그리고 행랑채가 배경으로 등장하고, 행랑을 돌아서 가버리는 미인의 신발 끄는 소리에만 초점을 맞추고 있다. 그리고 그것을 마치 꿈에서 본 듯이 글을 맺고 있다. 꿈에 본 미인 같다는 뜻을 참으로 감칠맛 나게 표현하였다.

그리고, 바람에 지는 꽃은 희거나 붉거나 아니면 노란색일 것이다. 물고기 비늘 쏟아지듯 바람에 우수수 지는 꽃잎. 그것이 무엇이든 비취색 소나무와 대조를 이룬다. 거기엔 정과 동의 대비도 함께 실려 있다. 여기에 다시 미인이 신발을 끌며 바삐 행랑을 돌아 사라지니 시 전편에 흐르는 정중동의 바쁜 변화가 화폭에 가득하다. 그림 가득 표현된 사물은 모두 정지된 모습이건만, 꽃잎·솔잎·신발·여인은 바삐 움직이고 있다. 뜨락의 꽃 지는 늦봄을 보느라 분주히 드나드는 여인. 그러나 그 여인이 정녕 미인이 아니어도 좋다. 언젠가 가슴에 담았던 여인이었거나 지금의 아내이거나 사랑스런 딸이거나 누구라도 좋을 것이다. 다만 시는 남았으되 그림은 남아 있지 않아 그것이 안타깝다. 이름 있는 화가를 알고 있다면 제춘원미인도의 시와 그림을 재현하여 걸어두어도 좋으리라.

박제가 못지않게 이덕무 또한 이름난 조선 화가들의 그림에 제화시를 꽤나 써주었다. 이덕무는 그림쟁이 김홍도와도 절친한 사이였다. 박제가, 이덕무, 김홍도는 모두 중인 출신으로서 비록 양반과는 격에 차이가 있는 사람들이었지만, 문학적 재능은 출중하였다. 김홍도金弘道의 우화노사도藕花鷺鷥圖에 이덕무가 쓴 제화시 또한 음미해볼 만하다.

> 백로 한 마리는 절구질하듯 한 마리는 호미질하듯
> 몸은 비록 결백하다 하나 마음은 고기에 매여 있네
> 연은 진흙에서 나왔으나 진흙에 물들지 않았으니
> 맑고 고운 저 연꽃 어찌 사랑스럽지 않으리
> 一鷺如舂一鷺鋤
> 身雖皓白役於魚
> 蓮生泥底泥無染
> 淸艶那能不愛渠

우화노사도는 연꽃밭에 들어서서 한가하게 물고기를 노리고 있는 두 마리의 백로 그림이다. 김홍도의 그림에 이덕무가 화시畫詩를 얹어놓은 콜라보 작품으로, 흰 백로의 흑심은 고기 잡는 데 있다. 그림 속의 백로는 두 마리이다. "고기를 잡느라 바닥을 뒤지는 모습을 한 놈은 머리를 땅에 절구질하듯 하고 있고, 한 놈은 호미질하듯 한다"는 표현이 자못 흥미롭다.

시인은 깨끗한 듯 보이는 백로의 흑심과 진흙에 물들지 않는 연꽃을 대비시켜 시의를 고조시켰다. 그렇다면 저 백로가 과연 백로인가. 아마도 백로는 암수 한 쌍이었을지도 모른다. 장수와 행복을 기원하는 그림이었을 것이다.

이덕무는 조선 후기 북학파의 한 사람으로, 그 자신 훌륭한 시인이자 문인화에도 안목이 있는 화인畵人이었다. 그가 누군가의 그림 부채에 써 준, '그림부채에 쓰다'[題畵扇제화선]라는 또 다른 시 한 편을 보자.

등나무와 대나무가 서로 얽힌 곳이구만
거기 조그만 집 숨어 있음을 누가 알까
해가 저물어 주인이 그 집에 돌아오니
깊은 골짜기에 나무 그림자 가득 찼네
藤竹交加處
誰知隱小屋
主人日暮歸

樹影當深谷

등나무가 대나무를 타고 오르며 뒤엉켜 있다. 그 사이로 작은 초당 하나. 해가 뉘엿뉘엿 넘어가는데 골짜기에 나무 그림자 길게 드리워 있고, 초당의 주인은 집을 찾아 돌아오고 있다. 그 주인은 바로 그림을 보고 있는 나 자신일 수 있다. 그러나 그는 시간에 쫓기지 않는다. 정해진 약속에 따라 하지 않으면 안 될 일을 쌓아두고 고민할 일도 없다. 시인은 마치 혼잣말을 하듯 화폭에 시를 던져두었지만, 어쩌면 이런 것이 바로 그저 자연으로 돌아가고픈 이들이 마음에 그리는 모습일 것이다.

이덕무의 '각리 김덕정의 매화·풍국 2폭 그림에 붙인 시'[題閣吏金德亭梅花楓菊二幅][2]는 첫 행만 읽어도 그림의 분위기를 고스란히 느낄 수 있다. 바람에 부대끼는 댓잎이 그림에 생동감을 불어넣고 있다. 한 편에는 매화가 향기를 뿌리고 있고, 다른 한 폭에는 늦가을 바람에 나부끼는 국화와 단풍을 그렸다.

---

2) 『청장관전서』 권12, 「아정유고雅亭遺稿」 4

마른 댓잎 소리 그윽한 매화 향기 붓끝에 가득한데

개 자 형으로 나부끼고 여 자 형으로 비껴있네

어찌하면 그리도 고운 천 척 비단을 얻어서

부어교 다릿가에 사는 김생을 찾아갈 것인가

乾 聲 暗 馥 筆 尖 盈

个 字 飜 飜 女 字 橫

安 得 研 光 千 尺 絹

鮒 魚 橋 畔 訪 金 生

　제목에 각리閣吏라고 하였으니 규장각에 근무하던 관리를 말하며, 그림의 주인은 김덕정이란 인물이다. 김덕정이 그렸거나 김덕정을 그린 그림일 것이다. 그가 직접 그리지 않았다면 누군가로부터 받은 작품일 것이다. 대나무와 매화, 그리고 국화를 따로 그린 2폭 그림인데, 거기에 쓴 제화시이다. 그림엔 비가 내리지 않았고, 이슬도 한 방울 없다. 그래서 마른 댓잎 소리라고 하였다. 그렇다면 이슬도 마른 한낮의 매화일 터이니 그 향 또한 갑절이나 더했을 것이다.

　그림엔 다리가 하나 있고, 그 옆에 김덕정을 닮은 사내가 있다. 부어鮒魚는 붕어이다. 마지막 행에서 비로소 '붕어다리 근처의 김덕정을 찾아간다'(鮒魚橋畔訪金生)고 하였으니 그림을 보지 않아도 이미 그림이 머릿속에 그려진다.

그러면 2행의 댓잎이 '个(개) 자 모양으로 나부끼고 女자형으로 비켜 있네'라고 한 말은 대체 무슨 뜻일까? 그 뜻을 알려면 동양화의 기초 하나를 이해해야 한다. 사군자의 하나인 대나무 그림에서 댓잎을 그릴 때 지켜야 하는 법도가 있으니 그 첫째 원칙이 '잎사귀를 个 모양으로 그리되 닭발 펼친 것처럼 가볍게 날린다'는 것이다. 붓을 옆으로 흘리다가 가볍게 떼어야 댓잎 끝으로 갈수록 쪼뼛한[末殺] 모습을 얻을 수 있는 것이다. 지켜야 할 두 번째 원칙은 잎사귀가 서로 겹쳐져서 우물 井(정) 자 모양으로 막아서는 안 되며 어쩔 수 없으면 女 자 모양으로 한 쪽을 반드시 열어주되, 옆으로 비껴서 날리듯 그려야 한다는 것이다. 이것이 대나무 그림을 그릴 때 반드시 지켜야 하는 규칙이다. 댓잎이 서로 겹쳐져서 우물 정井 자 모양이 된 그림은 아무리 잘 되었어도 가치를 쳐주지 않는다. 격식과 규칙에서 벗어난 것이기에 그림으로 보지 않는 것이다. 个자, 女 자 또는 닭발 모양의 댓잎이 빳빳하게 바람에 휘날리는 그림이라야 풍죽의 생동감을 살릴 수 있다. 이런 묵죽도에서 채무일이 어려서 그 할아버지와 주고받은 '鷄行竹葉成'(닭이 지나가니 댓잎이 생긴다)이라고 한 구절을 화인畵人의 눈으로 바꾸면 '筆行竹葉成'(붓이 지나가니 댓잎이 생긴다)이 될 터.

연암 박지원의 어촌쇄망도라는 그림에 이덕무가 시 한 편을 입힌 제화시가 있다. '연암 박지원의 어촌쇄망도에 쓰다'[題朴燕巖漁村曬網圖]라는 7언절구이다. 복숭아꽃 한창 피어난 중춘仲春의 한가한 어촌 마을 분위기를 한껏 살리고 있다. 글의 제목이 '박지원의 어촌 마을에 그물을 널어 말리는 그림에 써넣은 시'란 뜻인데, 첫 행에서 바로 파도 소리 잔잔히 들리는 바닷가 마을을 설정해 두는 것으로 시작하였다. 복숭아꽃 피는 계절에 물을 떠나 인간 세상으로 끌려 나온 물고기들이 그물에 매달린 채 봄바람에 하늘하늘 흔들리고 있는 모습을 비교적 세세하게 표현하였다.

사람 소리는 들리지 않고 물결만 찰랑이는데
긴 낮이 몽롱하고 버들솜이 미친 듯 흩날리네
복숭아꽃 집어삼킨 고기들이 모두 깨어나니
볕에 말리는 고기 그물이 연기처럼 흔들거리네
了無人響翠泠然

永晝朦朧柳絮顚

嗳呷桃花魚盡悟

漁罾閒曬漾如烟

그물에 누워 미이라가 되어 가는 몇 마리의 바닷고기들. 이놈들은 복사꽃을 삼키고 그 향에 취해서 그물에 잡혔을 거라고 본 점이 특이하다. 온통 복사꽃으로 뒤덮인 해변, 널어 놓은 그물이 바람에 살랑이는 어촌 마을을 그린 박지원의 그림에 이덕무가 시를 썼으니 오늘까지 남아 있었다면 그 값은 가히 놀라웠을 것이다. 그러나 이 어촌쇄망도 역시 기록에만 전할 뿐, 실물은 전해지지 않는다.

정조의 『춘저록春邸錄』에는 그가 동궁으로 있던 시절 부채에 쓴 제화선題畵扇이란 시 한 편이 전한다. 시의 제목 제화선은 '그림부채에 쓰다'는 뜻. 춘저(春邸)는 왕위에 오르기 전 태자(또는 세자)로 있던 시절을 이르는 말이니 춘저록은 동궁 시절의 기록을 말한다.

강물은 바람 없어 거울처럼 맑은데

그 누가 뱃노래 소리를 알아들을까

갈대꽃 작은 언덕에 가을 경치 옅은데

먼 하늘에 저녁노을이 한 색깔로 핀다

江水無風鏡面淸

誰人解聽棹歌聲

蘆花小岸秋光淺

一色遙天晩靄生

이 시는 읽는 이로 하여금 시각과 청각을 모두 다 집중하도록 유도하고 있다. 거울같이 맑은 강물, 그 위를 배가 가는데, 뱃노래가 들린다. 강변엔 누런 갈대밭. 황금색 바탕에 하얀 갈대꽃이 눈부시다. 이것들이 멀리 불타는 저녁노을을 배경으로 하고 있어 가을날 저녁나절 강가의 풍경을 아릿하게 떠올려준다. 그가 왕이 되지 않았다면 조선의 문학사에 크나큰 족적을 남겼을지도 모른다.

부채에 쓴 시로는 표암豹菴 강세황姜世晃(1713~1791)의 죽도竹圖를 빼놓을 수 없다. 강세황도 그가 살았을 당시 한 세상 이름 있는 문인이자 화가였다. 그의 대나무 그림부채에 들어 있던 시 '죽도'(대나무그림)가 『표암유고豹菴遺稿』에 전한다.

죽도(竹圖)

빗소리 아닌가 의심스럽네

거듭거듭 대나무에 이는 바람 소리

위수 넓은 물의 푸르름인가

작은 부채 속에 들어가 있네

疑帶蕭蕭雨

仍生颯颯風

渭川千畝翠

幼入小扇中

위천渭川은 중국의 두 번째 왕조인 은殷을 멸망시키고, 문왕과 무왕을 도와 주周 왕조를 여는데 앞장섰던 강태공이 낚시를 했다는 곳이다. 강태공은 기원전 11세기 말을 살았던 인물. 위 시의 감상평은 "대나무에 바람이 불어대니 마치 바람 소리처럼 들린다. 그 푸르름은 위수의 넓은 물과도 같구나!" 정도로 다시 정리할 수 있겠다.

상촌 신흠이 언젠가 청음淸陰 김상헌金尙憲(1570~1652)의 그림에 써 준 시로서 '청음의 벽상 그림에 쓰다'[題淸陰壁上畫]라는 것이 있다. 2수로 되어 있는데, 그 가운데 두 번째 시이다.

　바람 속에 연잎들 넘어져 있고
　흐르는 물, 돌에 부딪혀 떨어지네
　우뚝 서 있는 백로 한 쌍이
　천기를 올려 보고 내려다보고
　顚倒風荷晚
　流落落渚磯
　亭亭一雙鷺
　俯仰盡天機

　강가의 연잎 주변에 한 쌍의 백로가 서서 먹이를 찾고 있
는 그림이다. 백로는 무엇인가 잔뜩 경계를 하며 주변을 살
피고 있다. 머리를 올렸다 내렸다 하는 모습을 하늘의 운기
와 날씨를 보는 것처럼 시인은 이해하였다. 맨 끝행의 천기
天機는 天氣(천기, =날씨)로 이해해야 할 것이다. 이 그림은 김
홍도의 우화노사도와 흡사한 그림이었을 것이다.
　다음의 '그림에 쓴 시'[題畵제화]는 누구의 그림에 어떤 연
유로 써 준 것인지는 밝히지 않았다. 아마도 부탁을 받고 썼

겠지만, 신흠은 그 그림의 주인이 누군지보다는 그림 속의 소리에 더 치중한 것 같다.

그림은 형체가 있기에 그린 것이지만
형체는 그럼 어디서 생겨났는가?
모양이 닮았다 안 닮았다 분분하지만
자연의 소리는 들을 길이 없는 걸
畵是因形起
形還緣底生
紛紛辨形似
天籟自無聲

그러나 애석하게도 그림에 표현되어 있는 것이 새인지, 아니면 대나무나 소나무인지 또는 꽃인지는 알 수 없다. 그림은 사라지고 글만 남았으니 알 길이 없다. 소나무와 대나무라면 부는 바람 소리, 새 소리와 같은 자연의 소리가 함께 있을 법한데, 도무지 소리는 들리지 않는다고 하였다. 화폭 가득 바람이 부는 그림이었거나 바람 한 점 없고, 새소리도 없는 조용한 한낮을 그린 것일 수도 있겠다.

다음의 작품 역시 그저 '그림에 쓰다'[題畵]라고 되어 있을 뿐, 시의 제목은 없다. 상촌 신흠이 누군가 다른 사람의 그림에 붙여준 것이지만, 별도의 설명이 없으니 아쉽다.

　단풍잎과 흰 국화가 알록달록 섞여 있고
　물은 줄고 모래 반짝여 들빛이 차가워라
　낚시터엔 물이 깊어 배를 댈 만하여라
　해질녘 배 한 척이 물굽이를 내려가네
　丹楓白菊正爛斑
　水落沙明野色寒
　知有漁磯深可泊
　夕陽孤艇下煙灣

　하얀 국화와 단풍잎이 어지럽게 섞여 있어 알록달록 현란하다고 하였으니 가을의 끝물에 가까웠으리라. 강변의 흰 모래가 반짝인다. 비가 내리지 않았으니 강물이 줄었지만, 낚시터는 물이 깊다. 하얀 모래턱이 드러나 있다. 깊은 곳으로 내려 붙는 물고기를 낚기에 좋은 해질녘의 낚시터. 그 아래로 배 한 척이 물 따라 내려가고 있다. 원본과 똑같이 그릴 수는 없다 해도 이 시를 가지면 원래대로 그림을 다시 복원할 수 있을 듯하다.

상촌 신흠이 누군가의 '산수도에 쓴 시'[題山水圖제산수도] 4수 가운데 첫 번째 작품은 늦봄의 풍경을 읊고 있다.

고깃배는 둘씩 둘씩 모래밭에 모여 있고
휘늘어진 수양버들 작은 길이 하나 있네
긴긴 날 들 농장에 봄일이 이미 늦었는지
이끼 많이 낀 곳에서 낙화를 쓸고 있네
漁舟兩兩簇晴沙
垂柳陰陰細路斜
遲日野庄春事晩
苺苔深處掃殘花

수양버들 앞으로 작은 길이 나 있다고 하여 늦봄을 제시하는 것으로 시를 열었다. 떨어진 꽃잎을 누군가가 쓸고 있는 모습으로 시를 마무리하면서 녹음이 한층 짙어진 늦봄의 정취를 한껏 고조시키고 있다. '산수도'라고 하였으나 강가 포구 마을의 평화롭고 한적한 모습이다. 강변에는 고기잡이배가 모래밭에 등을 대고 누워 있다. 넓은 들에 농사일이 끝난 뒤이니 고기 잡고 낚시하는가 보다. 그 '산수도에 쓴 시'[題山水圖] 4수 중 마지막 네 번째 작품은 소나무 너머 하늘과 은하수를 바라보는 모습과 소회를 적고 있다. '소나무와 겨우살이가 얽혀 있는 곳에 은하수 긴 강이 걸려 있다'고 하여 하늘을 올려다본 모습을 표현한 것이 흥미롭다.

소나무는 천 척, 겨우살이덩굴은 백 척인데
소나무겨우살이 얽힌 곳에 은하수 걸려 있네
그 누가 흰 눈으로 하늘 위를 올려다보는가.
나이 어린 구령이 아니라 그가 바로 지화라네
千尺喬松百尺蘿
松蘿交處掛長河
何人白眼望天上
不是龜蒙定志和[3]

---

3) 지화(志和)는 당나라 때 장지화(張志和)를 가리킨다. 그는 어려서의 이름이 구령(龜齡)이었다. 나이 16세에 과거시험 명경과(明經科)에 급제하여 숙종(肅宗)으로부터 지화(志和)라는 이름을 받았다. 산수화를 잘 그렸으며 서예가인 안진경(安眞卿)과 각별한 사이였다.

이 시는 봄으로부터 겨울까지의 사계절 가운데 시인의 눈에 비친 풍경을 말하였으되 마치 실경實景처럼 그렸다. '소나무겨우살이'가 높이 걸려 있는 것으로 크고 우람한 소나무를 말하였고, 겨우살이 너머로 은하수, 고개를 젖히고 그 은하수를 올려다보는 사람을 중국 시인 장지화로 그렸다.

꽃잎이 자욱하게 지는 늦봄의 수양버들 늘어선 강변 풍경을 읊은 첫 번째 작품과 마찬가지로 눈에 보이는 대로 화폭 안의 풍경을 잔잔하게 설명하는 데 그치고 있다. 작자 자신의 감정을 전혀 개입시키지 않으려고 무던히 노력한 것이다. 시 속의 구령은 당나라 현종 때의 문인 장구령張九齡이고 '지화'는 그의 성년기 이름인 장지화張志和를 가리킨다. 낚시꾼이었던 장지화는 물고기를 잡는 어부의 노래 어부사漁父詞라는 시로 유명한 인물이다. 이 시는 중국 초등학교 교과서에도 실려 있는데, 거기에는 본래의 제목 대신 '어가자漁歌子'라는 시로 소개되어 있다. 그 시를 잠깐 살펴보기로 하자.

서새산 앞으로는 백로가 날고 있고
복사꽃 흐르는 강물엔 쏘가리 살진다

대나무 삿갓에 도롱이를 입고 있으니

빗겨 부는 바람, 가랑비에 돌아가지 않을래

西塞山前白鷺飛

桃花流水鱖魚肥

青箬笠綠蓑衣

斜風細雨不須歸

　장지화는 안진경顔眞卿과도 아주 친했다. 안진경이 중국 남부의 호주자사胡州刺史 벼슬을 하고 있을 때 장지화가 지은 시이니 서새산西塞山은 바로 그 호주에 있는 산이었다.

　궐어鱖魚는 얼룩무늬를 가진 쏘가리를 이른다. 복사꽃 필 무렵이 쏘가리를 잡기 시작하는 계절임을 알려준다. 옆으로 살랑살랑 부는 바람, 가랑비쯤이야 대나무 삿갓에 도롱이로도 충분하니 굳이 집으로 돌아갈 일은 아니다. 그대로 낚시를 계속하겠다는 뜻이다. 낚시하는 사람은 어부 혼자가 아니다. 가까이에 백로들이 있으니 외롭지 않은 듯.

　어느 시대나 제화시는 글 좀 한다 하는 문필가에게 부탁하기 마련이었다. 시대를 잘못 만난 비운의 기재奇才(Genius) 김시습은 그의 천부적인 시적 재능으로 말미암아 어린 나이 때부터 사람들에게 시를 많이 써주어야 했다. 그중 대개는 사라지고 없으나 기록으로 남아 있는 제화시가 꽤 있다. 그 가운데 2편을 골라 보았다.

누구의 그림에 써 준 것인지, 그리고 그것을 쓰게 된 동기라든가 쓴 시기(연대) 등은 알 수 없다. 먼저 '매화그림에 쓰다'[書畵梅花서화매화]라는 7언절구이다.

향기로운 혼, 옥 같은 뼈 봄이 오기 전에 고운데
홀로 고산의 연기와 비 오는 주변을 점령했네
성긴 그림자 그윽한 향기 비록 움직이지 않지만
맑은 숙녀의 풍도와 운치 정녕 의연하여라
香魂玉骨先春妍
獨占孤山煙雨邊
疎影暗香雖不動
淸妹風韻正依然

매화를 옥골玉骨로, 그 향기를 향기로운 혼이라 하여 향혼香魂이라고 하였다. 흰 꽃은 옥으로 빚은 뼈이고, 그 향은 매화의 혼이라 한 표현이 상큼하다. 비 내리는 날, 물안개 핀 서호西湖. 임포가 노닐던 고산孤山 주변을 뒤덮은 매화로 묘사하였는데, 시 속에서 매화는 한 마디도 거론하지 않았다. 그러면서 그 모습이 맑고 깨끗한 여인의 바르고 의연한 자태와 같다고 한 비유도 지나침이 없다. 시인은 또 매화를 빗대어 '봄이 오기 전에 곱다'고 하였다. 봄이 이르기 전에 화사한 모습으로 살포시 우리 곁에 다가오기에 시인은 '봄이 오기 전에 곱다'고 말한 것이다.

역시 김시습의 시 '살구꽃을 그리다'[畵杏花화행화]이다.

가지 하나에 붉은 빛 싱싱하게 띠었는데
누군가 붓을 쥐고 상牀에 올라 그렸는가
담장 밖으로 나온 천 송이 재치 있는 느낌 많아
술 파는 다리, 나부끼는 향기에 창자 끊어지네
活色生紅第一稍
何人拈筆上床描
出墻千朶多才思
腸斷飄香賣酒橋

매화가 다 진 뒤에 살구꽃이 핀 그림을 보고 쓴 것인데, 여기에도 행화杏花란 말을 끝까지 쓰지 않았다. 시의 제목과 더불어 그림을 보면 그것이 살구꽃임을 알았을 테니까. 누구네 집인지 담장 밖으로 꽃이 가득 피었고, 그 앞으로 다리가 있다. 다리엔 술을 파는 집이 있다. 다리 건너로 번져오는 꽃향기에 창자가 끊어질 듯하다고 엄살을 피웠는데, 아마도 술향기는 덤인가 보다.

김시습金時習이란 이름은 친척 할아버지 뻘인 최치운崔致雲이 지어 주었다고 한다. 그는 일찍이 친구에게 보낸 편지에서 말하기를 "나는 태어난 지 8개월 만에 글을 알았고, 세 살에 글을 지을 수 있어서 '복사꽃 붉고 버들은 푸르니 석달의 봄이 저물었구나. 구슬을 푸른 바늘로 꿰었으니 솔잎의 이슬이로다"(桃紅柳綠三春暮 珠貫靑針松葉露)라는 글을 지었다. 그리고 다섯 살에 그 유모가 맷돌에 보리를 가는 것을 보고 "비는 안 오는데 우뢰 소리가 어디서 울리는가 누런 구름이 조각조각 사방으로 흩어지네."(無雨雷聲何處動 黃雲片片四方分)라고 읊는가 하면, 그 나이에 이미 『중용』, 『대학』을 읽으니 다들 칭찬하였다. 정승 허조許稠가 집에 찾아와서 "내가 늙었으니 老(늙을 로) 자로 시를 지으라." 하기에 "늙은 나무에

294   왜 사는가, 묻노라!

꽃이 피니 마음이 늙지 않았구나(老木開花心不老)"라고 썼더니 허조가 무릎을 치면서 "이 아이는 신동이다"라고 하였다. 세종이 이 말을 듣고 승정원 박이창朴以昌에게 명령하여 자신의 무릎 위에 나를 안고 벽에 걸린 산수도를 가리키며 "네가 시를 지을 수 있느냐?"라고 하기에 나는 곧 "작은 정자와 배 안에는 어떤 사람이 있는가?"(小亭舟宅何人在)라고 하였다.···

이것은 어숙권의 『패관잡기』에 실린 내용을 충실하게 옮겨 적은 것이다.

한편, 이달의 시 '매화 그림'[畵梅화매]은 매화 그림에 써준 작품이다. 누구의 그림인지는 밝히지 않았고, 그저 화제로 써준 시라고만 하였다. 다만 그 내용으로 보건대 고매古梅를 그린 매화도이다. 매화나무 나이가 많아서 줄기가 구불구불 뒤틀리고 가지가 몇 안 되며, 야위고 늙은 가지가 괴상하게 생긴 것일수록 진귀하게 여기던 터라 그림 속의 오래 묵은 고매는 흔한 게 아니었다. 간밤 눈서리 맞은 듯, 가지 하나에 꽃이 피었으나 매향梅香이 자욱했던 듯하다. 이달의 '매화 그림'[畵梅]에 붙인 시는 분위기로 보건대 차라리 '고매古梅'란 제목을 달았어야 마땅할 것 같다.

늙은 등걸에 울퉁불퉁 혹이 달렸네

차가운 향내로 매화인 줄 알겠네

지난 밤 눈 서리 내린 속에서도

오히려 가지 하나에 꽃이 피었구나

擁腫古楂在

寒香知是梅

前宵霜雪裏

尚有一枝開

이것은 눈·서리 속에 핀 늙은 고목나무의 매화를 그린 시이지만, 그림이 남아 있지 않으니 방 안에 들여놓은 분매라고 상상하고 시를 음미해도 안 될 것은 없겠다. 화분에 갈무리한 매화 즉, 분매盆梅에 관한 옛 기록에 화분 속의 매화는 꽃이 너무 많아도, 가지가 너무 무성해도 아니 된다고 하였다. 늙은 곁가지 몇 개, 꽃도 적당해야 하는데 그림 속의 매화가 꼭 그렇다. "화분에 심어 놓으면 못된 풀도 화초라 한다"는 우리 속담도 있다. 물론 이 말은 못난 사람도 좋은 자리에 앉혀 놓으면 잘나 보인다는 뜻으로 쓰이지만, 어쨌든 같은 매화라도 화분에 심으면 더욱 그럴듯해 보인다.

중국의 범석호范石湖는 일찍이 『매보梅譜』 서문에서 "매화는 천하에 으뜸가는 꽃"이라고 하였다. 그 뒤로 이 말에 누구도 시비를 거는 이 없었고, 천하의 문사文士들은 매화의 기품과 향을 아낀 시를 쏟아냈다. 그러나 고려와 조선의 이름 있는 문사들이 모두 간 뒤로, 매화를 노래한 이들은 별로 없었고, 매화도 우리로부터 한결 멀어졌다.

다음은 '대나무 그림'[畫竹화죽]인데, 역시 이달의 시이다.

커다란 대나무가 반은 부러졌구나!
늙은 뿌리에서 나온 가지는 드문드문
지난 번 안개 끼고 가랑비 내릴 때
새 순은 몇 개나 길게 솟았는가?
脩竹半身折
踈枝生老根
從前烟雨裏
幾箇長兒孫

봄비 내린 뒤에 솟아오른 죽순과 대나무 몇 그루를 그린 그림에 붙인 제화시이다. 가랑비와 안개 속에 대나무가 서 있는 모습이니 바람 한 점 없는 조용한 봄날의 풍경을 그린 것임을 알 수 있다. 얼마 전 모진 바람이 불어서 절반이 부러졌다. 비록 부러졌을지언정 아직 죽지는 않았다. 시를 보면 그림을 대충 알 수 있을 것 같다.

바람 속에 서 있는 대나무를 떠올리니 고려 말, 동정東亭 염흥방(?~1388)이 소장하고 있던 묵죽도에 써준 이색의 시 '풍죽'이 떠오른다. 염흥방廉興邦은 고려 말 공민왕~우왕 때 활동했던 인물이다. 곡성부원군曲城府院君 염제신廉悌臣의 아들로서 본래 염씨의 본관은 파주이다. 이인임의 심복이었던 임견미와 함께 어찌나 탐욕스러웠던지 우왕 때 최영과 이성계에 의해 제거되었다. 이인임의 수족이나 다름없던 임견미가 문신들을 싫어하였다. 그래서 많은 사람을 쫓아낼 때 염흥방도 쫓겨났다. 그런데 나중에 염흥방의 가문이 대대로 벼슬을 한 집안이라 하여 임견미는 양가의 혼인을 청했고, 이로부터 임견미와 염흥방이 서로 맺어졌다. 염흥방은 과거에 자신이 쫓겨난 일을 돌아보고 제 몸을 보존하려고 이인임과 임견미의 말이라면 무조건 따랐다.(『고려사』 열전 임견미·염흥방).

"고려 말, 염흥방과 임견미는 재물을 탐하였다 해서 죽음을 당했다. 유희령柳希齡이 지은 『대동시림大東詩林』에 시인의 이름을 기록하였는데, 그중 염흥방에 관해서는 '요(遼)를 쳐야 한다고 간언하다가 죽음을 당했다'고 하였다. 이것은 옛날 역사 기록에도 없던 말인데, 유희령이 전해 들은 것이 있어서 그랬던 것일까? 과연 그와 같다면 염흥방은 참으로 나라의 일에 충성한 사람이다. 그의 죽음이 합당한 죄가 아닌 듯하다. 허균은 말하기를 '우왕이 최영의 딸을 왕비로 맞아들일 때 염흥방이 군대를 장악하고 있는 대장의 딸을 후궁으로 맞아서는 안 된다고 간하였으므로 그 때문에 최영의 노여움을 사서 혹독한 재앙을 맞았다고 하였다."(『월정만필』).

염흥방의 기세가 한창 국왕 밑을 맴돌던 시절에 북경 유학파인 목은 이색이 염흥방의 집을 찾았다. 시를 짓는 재주가 알려져 부름을 받은 것인데, 염흥방은 행촌 이암李嵒(1297~1364)이 그린 묵죽도를 펼쳐놓고 화제를 부탁하였다. 비탈진 언덕에 선 한 무리의 대나무. 풍죽에 단 이색의 제화시 '풍죽風竹'은 대나무에 머물다 가는 맑은 바람을 주제로 하고 있다. '동정東亭이 소장한 '행촌杏村의 묵죽墨竹에 쓰

다'[題東亭所藏杏村墨竹]라는 제목의 시는 바람을 맞고 선 풍
죽을 닮은 행촌의 인간됨을 묘사하는 것으로 시작된다.

풍죽(風竹)

행촌의 마음은 텅 빈 대나무 속과 같다고 할까

소쇄하고 단장한 두 가지 모두가 넉넉하기도 해라

비가 갠 창을 향해 상대하듯 그린 대나무

만고청풍을 이처럼 묘사하기도 어려우리

杏村心似竹心虛

蕭洒端莊兩有餘

寫向晴窓宛相對

淸風萬古畵難如

대나무는 곧게 쪼개지므로 곧은 마음을 표시하는 상징물
인 동시에 사철 푸르니 변치 않는 마음과 지조를 나타낸다.
사군자의 맨 끝에 꼽는 사물이지만, 곧고 바른 마음, 지조, 겸
손과 겸허한 마음을 가리키는 것으로는 으뜸으로 친다. 이들
여러 가지 상징 가운데, 행촌 이암은 대나무 속이 비어 있듯
이 매우 겸손한 사람이었다는 말로 시를 시작하였다. 그리고

2행에서는 대나무가 깨끗하고 단정하게 단장한 모습을 설명하느라 소쇄蕭洒라는 어려운 한자 용어를 동원했는데, 쉽게 말해서 이것은 물로 씻는 것을 이른다.

그런데 염흥방에게 이 그림을 그려준 행촌 이암을 이색이 대나무에 견주고 있는 것은 무슨 이유일까? 그가 그렸기 때문만은 아닐 것이다. 염흥방을 거론하지는 않았지만, 너도 이암을 닮았으면 좋겠다는 뜻을 전하려 했던 게 아니었을까?

노죽(露竹)
아침마다 여린 추위 보내 주는 안개와 이슬
하늘이 푸른 대나무 깨끗이 씻어주려나 봐
분명히 행촌과 서로 닮은 이 대나무여
곧은 절조를 속인의 눈으로 볼 수 있으랴
霧露朝朝送薄寒
天敎淨洗碧琅玕
分明與杏村相似
直節寧容俗眼看

위 시에서 이색은 대놓고 행촌 이암을 대나무와 닮았다고 말한다. 이 그림을 소장한 염흥방에 관한 이야기는 한 줄도 없고, 이암을 칭찬함으로써 그림의 격을 높이려 했을 것이다. 아마도 이색은 그림을 보고, 비 갠 날의 맑고 싱그러운 바람을 떠올렸던 모양이다. 만고청풍을 대나무에 담아 둔 행촌의 마음 또한 대나무 속처럼 텅 비어 욕심도 없다고 하였으니 탐욕한 염흥방의 행실을 떠올리고, 욕심 없이 살라는 주문으로 봐야 하겠다.

한편 고려 말, 이인임李仁任(1312~1388)이란 인물이 있었다. 광평부원군廣平府院君으로 불렸다. 벼슬이 시중侍中에 이르렀는데, 살아서 그는 사람들로부터 좋은 소리를 듣지 못하였다. 그래서 그가 죽자 백성들이 "인력으로 죽이지 못하니 하늘이 알아서 죽였다"고 하였다.

언젠가 그 이인임이 소장한 열두 폭 산수화 병풍을 이색에게 보여준 일이 있다. 그래서 그것에 감사드리며 이색이 지은 '춘하추동'이란 시 네 편이 있다. 이인임은 이조년의 손자로, 공민왕~우왕 때 큰 세력을 폈던 사람이다. 그에게는 또 다른 이야기가 전한다. 승려 혼수가 일찍이 윤평尹評이라는 이에게 산수화 12폭을 청하고 윤소종尹紹宗(1345~1393)에게 그 그림에 맞는 시를 지어 달라고 부탁했다. 윤소종이 눈을 들어 그림을 바라보고는 붓을 달려 시를 완성하였다. 윤소종이 나가자 혼수가 제자에게 말하기를 "이 시가 비록 좋기는 하지만 병풍에 쓰기는 어렵겠다. 목은 어른을 모셔오는 것이 낫겠다." 하고는 드디어 목은 이색을 모셔왔다. 목은이 방에 들어가 병풍을 펴고 앉아 한참을 읊조렸다. 이윽고 먼저 제목을 쓰며 "이것은 황학루黃鶴樓요, 이것은 등왕각滕王閣"이라고 하면서 하나하나 이름을 붙인 뒤, 붓을 들어 시를 지으니 시상이 입신의 경지에 이른 듯했다. 목은이 마침내 병풍에 시를 손수 쓰고 가버리니 혼수가 "이야말로 참으로 노련한 솜씨다"라고 하고는 귀하게 간직하며 늘 감상하였다. 그것이 뒷날 광평부원군 이인임의 차지가 되었다. 성현은 『용재총화』에서 "내가 젊었을 때 '유생가요청儒生歌謠廳'에서 이 그림을 보았는데 필적이 시원하고 호탕하면서 힘이 넘쳤으니 바로 목은의 글씨였다."고 밝히고 있다. 그러나 그림 속의 누각도 반드시 중국의 건물을 끌어들여야 했을까?

그 다음 이슬이 알알이 맺힌 '노죽'의 화제 또한 눈썹을 모아 들여다볼 만하다. 행촌 이암을 대나무 노죽에 빗대면서 고결한 품성을 찬양한 듯하다. 그의 곧은 지조가 화폭에 담겼으나 속인의 눈에는 그것이 보일 리야. 이슬을 잔뜩 실은 대나무 '노죽露竹'은 행촌 이암의 모습으로 볼 수 있겠다. 후일 강희안은 『양화소록』에서 대나무를 '풀도 아닌 것이 나무도 아닌 것이 동지섣달에 홀로 푸르고 푸르다'라고 읊었다. 사철 잎이 지지 않고 푸른 모습으로 말미암아 사람들 마음속에 대나무가 오상고절傲霜孤節로 자리 잡은 것이라 할 수 있다.

설화지에 불러들인 산수와 화조花鳥들

　이색과 똑같이 고려 말에 살았던 은사隱士로서 개성 두문동 72현 중 한 사람으로 꼽히는 원천석은 '산을 그리다'[畵山화산]는 시를 그의 문집 『운곡행록耘谷行錄』에 남겼다. 그는 후일 조선의 태종이 된 이방원을 가르친 바 있어 그 인연으로 이방원이 여러 차례 불렀으나 나오지 않고 원주 치악산에 머물렀다. 다만 그는 고려를 뒤엎고 조선을 건국한 세력을 그냥 인정하였다. 그렇게 해서 몸을 보전하여 살아남았고, '훌륭한 인물'이 되어 사람들의 기억에 남았다.

　연이은 산봉우리를 누가 그렸단 말인가
　늙은 잣나무 푸른 솔이 붓끝에서 살아나네
　가운데 암자 있어 스님은 불러도 나오지 않으니
　아마도 참선하며 남은 봄을 보내고 있을 것이네
　圖成列岫是何人
　古柏蒼松筆下新
　中有菴僧呼不出
　却疑參定過殘春

이 시의 제목은 남은 봄이다. 그것을 잔춘(殘春)이라고 하였다. 절 마당엔 낙화가 쌓였고, 나무엔 드문드문 꽃이 남아 있었을 것이다. 산 깊은 곳, 잣나무와 소나무를 두른 암자가 하나 있다. 산을 그렸다고 하였으나 늦봄의 산사山寺를 표현한 것이다.

월산대군月山大君의 이름은 이정李婷이다. 예쁘다는 뜻의 婷이란 글자를 썼으니 여자 이름에나 어울릴 법하다. 약관 이전에 쓰던 이름은 자미子美이다. 子美는 일차적으로 '너 아름답다'는 뜻이다. 예쁘게 생겼던 게 분명하다. 그리고 중국 당나라 때의 시인 두보(712년~770년)의 자도 자미子美였다. 아마도 두보를 닮기를 원해서 붙여준 이름인 모양이다. 월산 대군은 호를 풍월정風月亭이라고 하였다. 성종의 형으로, 지금의 고양시에 살았다. 왕족답게 그의 집은 99칸이나 될 정도로 크고 정원은 넓었다. 그의 취미는 낚시여서 자주 한강에 나가 낚시를 하였다. 그가 누군가 남의 부채 그림에 써준 시가 있는데, 그 제목도 '부채 그림에 써준 시'라 해서 제화선題畵扇이다. 허균許筠의 『국조시산國朝詩刪』에도 전한다.

누런 낙엽 가을바람 속

청산에 황혼이 지는 때

강남은 어딘가 아득해라

외노를 저어 천천히 가네

黃葉秋風裏

青山落照時

江南杳何處

一棹去遲遲

　가을바람에 노랗게 익은 낙엽이 우수수 진다. 청산에 해가
넘어간다고 하였으니 푸른 소나무 가득한 산에 땅거미가 지
는 풍경을 그린 듯하다. 강물을 따라 흐르는 배는 아득히 저
먼 강남을 향하는 것인가. 노 하나 저어서 배는 서서히 움직
인다. 더운 여름에 쓰는 부채인 만큼 시원한 가을바람을 담
은 것이었으리라. 가을바람, 청산에 지는 해, 노란 단풍으로
치장한 부채이니 바라보는 것만으로도 찬 바람이 솔솔 부는
것 같아 시원하게 느껴질 듯.

　이수광의 시 '그림 속의 매화를 읊다'는 작품 또한 남의 그
림에 써준 제화시이다. 원래의 제목은 영화매詠畵梅.

백옥 같은 눈빛, 새로 핀 매화 한 떨기

은근한 향기며 꽃소식에 다시 봄바람

옛날 파수灞水의 다리 가에 있었더니

어느 날 하얀 벽속으로 옮겨 왔는가?

映雪新梅玉一叢

暗香芳信又春風

昔年灞水橋頭見

何日移來素壁中

흰 눈이 내린 뒤에 활짝 피어난 매화를 설명하고 있다. '그 옛날 파수'라 이른 것은 당나라 시인 맹호연이 눈보라 속에 나귀를 타고 장안 동쪽에 있는 파수의 다리로 가서 매화를 구경한, 이른바 맹호연의 답설심매踏雪尋梅라고 하는 고사에서 빌려 온 이야기이다.

조선 시대에는 음양오행설에 따라 한지에도 오색지五色紙가 있었고, 눈처럼 새하얀 설화지雪花紙가 생산되었다. 이런 것들은 고급 종이로서 궁중은 물론 세력 있는 집에서 주로 사용하였다. 흰 벽 속으로 들어갔다 함은 바로 이런 설화지 안에 봄바람 속의 매화를 그렸음을 이른 것으로 볼 수 있겠다.

석북石北 신광수申光洙(1712~1775)가 그의 나이 36세 때인
정묘년(1747) 미인도에 붙인 4수의 시가 있다.

(1)

치마는 옅은 청색

진빨강 물감은 쓰지 않았네

그대가 내 속곳을 볼까봐

봄바람에 차마 춤출 수 없어

裙子淺青色

不用染深紅

嫌君見窮袴

未敢舞春風

(2)

바위 머리에 자색 수놓은 당혜唐鞋

치마 밑으로 발 하나가 보이네

춤추는 자리에 올라가 풀어놓으니

사람의 구곡간장 밟아 죽일 듯 녹이네

岩頭紫繡鞋
裙底見一足
解登歌舞筵
蹋死人心曲

(3)

도화선으로 반쯤 가린 얼굴
아쉬운 봄 고운 교태를 풀어놓네
하루 종일 말이 없는 속마음은
누굴 위해 슬퍼하는지 모르겠네

桃花扇底半面身
自是嬌多解惜春
盡日無言心內事
不知怊悵爲何人

(4)

담장 밖에 비낀 살구꽃 가지 하나
누가 내 마음 춘심을 알까 두려워
서쪽 행랑채로 물러나 달마중하듯

무단히 봄바람 아래로 나와 서있네

墙外杏花斜一枝

春心約莫畏人知

却似西廂待月時

無端步立春風下

  당시로서는 점잖은 양반치고, 다소 야하게 묘사하였다고
할까? 의외로 시인은 재치가 있고, 흥미로운 사람이었던 것
같다.

  1연에서는 청색 치마를 입은 다소곳한 미인을 그렸다. 봄
바람이 불고 있다. 그 바람결에 치마가 날려 속곳이 보일까
봐 춤을 추지 않는다 하였으니 미인의 마음은 신바람이 났으
나 몸은 조심하고 있는 자세였던 것 같다.

  2연에서는 검은 바탕에 자색 수를 놓은 가죽신을 신은 발
한쪽이 치마 밑으로 살짝 보인다. 연석宴席[연회석]에 나와
춤을 추며 가죽신 밟는 자리마다 사람들의 애간장 녹일 듯하
다는 표현이다. 3연엔 도화선으로 얼굴을 가리고 춤추다가
잠깐 멈춘 동작을 그린 그림인 듯하다. 반쯤 보이는 얼굴엔
슬픈 기미가 보이고, 4연에서는 이 여인이 서쪽 행랑채로 총

총히 물러가는 모습을 묘사하였다. 아마도 춤추는 미녀의 자태가 몹시 뇌쇄적이었던가 보다. 시 속의 당혜唐鞋는 화려한 수를 놓은 당나라풍의 가죽신이고, 서상西廂은 서쪽 행랑(곁채)이다. 행랑채로 물러난 것을 보면 대갓집 여인이라기보다는 기생 신분이 아니었을까? 참고로, 중국 원나라 때의 희곡 가운데 서상기西廂記가 있다. 이것은 최앵앵崔鶯鶯과 장군서張君瑞가 서쪽 행랑채에서 벌인 정사를 그린 내용이다.

소세양蘇世讓(1486~1562)의 호는 퇴휴退休이다. 그는 젊었을 때 상진尙震(1493~1564)과 함께 동료로 일한 적이 있다. 상진이 소세양보다 하급 관리였는데, 나중에는 그가 소세양보다 먼저 승진하여 정승이 되었다. 그가 좌의정 자리에 올라 기러기를 그린 그림 한 폭을 가지고 와서 소세양에게 시 한 구절을 써 달라고 부탁하였다. 소세양이 절구 한 수를 지어 주었다. 시제가 '좌의정 상진의 기러기 화축에 쓰다'[題尙左相畵雁軸제상좌상화안축]인 것으로 보아 족자형 그림이었음이 분명하다.

쓸쓸한 그림자 하나 저무는 강가에 드리우고
붉은 여뀌 꽃 지고, 강변에는 날이 저문다

부질없이 가을바람을 향해 옛 친구 불러보지만

물과 구름 수만 겹 싸여서 깊이를 모르겠구나

蕭蕭孤影暮江潯

紅蓼花殘兩岸陰

謾向西風呼舊侶

不知雲水萬重深

상진이 받아 보고는 시에 담긴 글의 뜻이 하도 깊고 아득하여서 탄식하며 슬퍼하였다고 전한다. '네가 정승이 되더니 내 생각은 하지도 않고 혼자 잘 사냐? 도무지 네 속을 모르겠구나'라는 마음을 전한 게 아닐까?

고려 후기의 문인인 안치민安置民은 시화일치론詩畵一致論과 도행일치道行一致를 주장하였다. 자신의 자화상을 그리고 그 뒷면에 써둔 화시에서 '도가 있어도 실천하지 못하고 입이 있어도 말하지 못하는 사람들의 행태'를 비판하였다. 요즘 말로 행동하는 양심, 실천하는 지성을 외친 것인데, 시제는 '일찍이 스스로 취수 선생 초상을 그리고 그 뒤에 쓰다'[嘗自寫醉睡先生眞 書其後曰]이다.

도 있어도 행하지 못하니 취한 게 낫고
입을 두고도 말을 못하니 자는 게 낫지
선생이 살구꽃 그늘에서 취해서 자니
세상에 이 뜻을 아는 사람이 없으리
有道不行不如醉
有口不言不如睡
先生醉睡杏花陰
世上無人知此意

시쳇말로 '내로남불'의 세태를 꼬집은 시이다. 입으로는
정의를 외치면서 일단 권력을 잡으면 끼리끼리 해먹으며 불
의를 저질러도 잘못 없다 감싸고, '우리는 옳고 너희는 틀렸
다'는 식의 태도를 굳건히 하며, 국민에게 호통치고 저 잘났
다 소리치는 정치배들을 익히 보아온 터라 그런 장벽에 몸서
리치며 차라리 말을 않기로 한 이 시인의 속사정을 이해하고
도 남겠다.

대나무 그림에 쓴 시로 고려 시대의 문인인 정서鄭敍의
'묵죽 뒤에 쓰다'[題墨竹後제묵죽후]가 더 있다. '정과정곡'의
작자이기도 한 정서는 12세기 의종~명종 시대를 살았던 인

물로 묵죽화와 문장에 뛰어난 사람이었다.

한가하니 붓과 벼루를 희롱하여
대나무 한 줄기를 그렸노라
벽에 걸어놓고 간간이 보자니
그윽한 자태가 속되지 않네
閒餘弄筆硯
寫作一竿竹
時於壁上看
幽姿故不俗

대나무의 자태가 '속되지 않다'[不俗]고 하였으니 대나무를
고매한 인품을 가진 사람으로 그렸음을 미루어 알 수 있다.
일찍이 중국 송나라의 소동파는 우리의 생활 속에 대나무가
없으면 생각이 삿되고 저속해진다고까지 하였다. 그것은 늘
대나무를 보며 변함없는 지조와 절개, 고결한 품격, 욕심 없
는 마음, 겸허한 자세를 고양하기 위한 것이었다.

목은 이색의 아버지 이곡李穀의 문집인 『가정집』에는 '묵
매墨梅'란 시가 전한다. 시제 '묵매'에는 매화를 먹으로 그린

그림이라는 뜻이 담겨 있으니 누군가 다른 이의 매화 그림에
써준 시이다.

못에 비친 매화의 자태 맑은 창에서 그리려니
잠깐 사이에 묵지 가득 봄바람이 넘실댄다
그림 속 명비가 수심으로 얼굴을 찡그리네
적선은 얼굴 검게 변한 걸 괴이하다 말하지 마오
晴窓寫出照潭姿
頃刻春風漲墨池
已分明妃愁畵面
謫仙休怪玉顔緇

시 원문 속의 묵지墨池는 벼루 한가운데 먹물이 모이도록
오목한 곳을 이른다. 다른 말로 연지硯池라고도 하며, 명비
明妃는 중국 한나라 때의 미인 왕소군王昭君이다. 전한 말의
원제元帝 때 흉노 호한야선우呼韓邪單于에게 바쳐진 여인으
로, 현재 그의 무덤이 몽골에 청총靑冢이라는 이름으로 남아
있다.

마지막 행의 적선謫仙은 당나라 시인 이백을 가리킨다. 하

지장賀知章이라는 사람이 이백을 처음 만났을 때 인간세계에 귀양을 온 신선이란 뜻으로 이백을 이적선이라는 이름으로 불러주었는데, 그 이후로 이적선은 이백의 별명이 되었다. '옥안이 검다'[玉顏緇옥안치]는 표현은 본래 이백의 시 중에 '옥 같은 얼굴 날로 검게 야위어 흉하니'(玉顏日緇磷)라는 구절에서 빌려온 것이다.

시를 음미하자면, 매화의 맑은 자태를 먹으로 그리는데, 연지에 봄바람이 넘실댄다. 매화는 마치 아름다운 명비의 얼굴이 검게 변한 모습으로 그려져 있지만, 옥 같은 얼굴이 너무 검게 칠해졌다고 이상하게 생각하지 말라는 것이다. 묵매로 그리지 않고, 꽃을 발갛게 채색화로 그렸더라면 좋았겠다는 뜻도 넌지시 담아낸 표현이었을 것이다.

한편, 권근의 '하개성의 화매권에 쓰다'[題河開城畵梅卷 六絶]라는 총 6연의 연작시 가운데 맨 첫째 연인 '새벽 물에 뜬 꽃잎'[萼浮曉溜악부효류]과 두 번째 연 '울타리에 걸친 가지'[枝橫籬落지횡리락]라는 시편이 『양촌집』(7권)에 전한다.

악부효류(萼浮曉溜)

골짜기에 새벽부터 물이 흐르고

잔설은 엉키어서 풀리지를 않네

산 속의 봄을 가져다가

속세를 향하여 뿌리지 말게나

巖溜曉流澌

落雪凝不釋

休將山中春

漏洩向塵陌

지횡리락(枝橫籬落)

외로운 마을에 한 해가 저무는데

쌓인 눈이 울타리를 감싸고 있네

홀연히 가지 하나에서 봄을 보니

문득 조물주의 힘을 알겠노라

孤村歲暮時

積雪擁籬落

忽見一枝春

斗覺天工力

萼(악)은 꽃잎이며, 萼浮曉溜(악부효류)는 "새벽녘 꽃잎이 물에 떠서 여울에 흐른다"는 의미이다. 아직 잔설이 남아 있는데, 냇물을 따라 꽃잎이 흘러내리는 광경을 묘사한 것이다. 잔설이 남았을 때 꽃잎이 질 만한 꽃으로는 매화밖에 없다. 울타리 너머로 삐죽 튀어난 가지에 돋아난 꽃 역시 매화일 터.

다음은 신숙주의 시로서 '경우 강희안이 그린 매화 그림에 사례하며 복숭아를 함께 그리다'[謝姜景愚畵梅兼惠桃]라는 제목을 갖고 있다.

해가 바뀌었다는 생각을 한참 하니 해가 서쪽으로 기울고
한바탕 꿈을 터놓고 얘기하니 놀라는 것 같구나
더위에도 눈속의 꽃을 그리는 신묘한 솜씨를 알겠으니
사람들에게 철골 같은 깨끗함을 보게 하는구나

이것은 신숙주(1417~1475)의 『보한재집保閑齋集』(5집)에 실려 있는 것으로, 물론 신숙주가 강희안의 그림에 붙여준 제화시이다. 현재 이 그림은 남아 있지 않고, 단지 강희안이 비단에 그린 수묵화로서 매화를 꺾어 병에 꽂아 둔 그림 '절매삽병도折梅揷瓶圖'가 국립중앙박물관에 있다. 그런데 이것

말고도 강희안은 일암一庵이라는 승려에게 그려 준 그림도 있다. 그것 역시 신숙주의 『보한재집』에 시의 제목 대신 '승려 일암이 소매에 넣어 온 두 개의 두루마리 그림은 강경우가 그린 것이다. 저에게 강가 정자에 해 지는 그림에 시제를 써줄 것을 부탁하였다'[一庵袖兩軸畵乃姜景愚所畵也請僕詩題江亭晚照之圖]는 긴 설명을 붙여 놓았다. 신숙주의 시에 일암이라는 승려가 자주 등장하지만, 그가 누구인지는 알려고 할 필요는 없다. 다만 신숙주 자신을 '저'[僕]라는 말로 낮춰 부르고 있는 것으로 보아 신숙주보다는 연장자이거나 학식과 인품이 훌륭한 승려였던 것 같다.

강가의 정자에 저녁 해가 막 지고 있고
산사의 선승은 정해진 시간에만 나오는구나
우습구나 장자가 칠원에 아직 일이 많으니
기심을 잊고 있는 걸 갈매기가 더 잘 알겠지
江亭落日正垂垂
山寺禪僧出定時
笑殺漆園尚多事
忘機更被海鷗知

신숙주는 강가의 정자와 산사를 한꺼번에 내려다보는 모습으로 묘사하고 있다. 시인의 시선은 황혼녘 강변에 있는 정자에서 산사의 선승에게로 옮겨간다. 강은 아마도 바다 근처에 있는 곳이었나 보다. 물과 산, 정자와 절간이 어우러진 조용한 무대를 설정하고는 '칠원漆園에 아직도 많은 일이 남았는지 우스워 죽겠다'고 너스레를 떨었다. 칠원은 중국의 장자莊子가 한 때 관리로 일했던 곳이다. 칠원의 하급 관리를 그만두고 청산으로 들어가 버린 장자가 아직도 할 일이 남아 있는 것처럼 세속에 미련을 버리지 못하는 마음을 그린 것인데, 그것이 마지막 행의 내용과 맞물려 있다. 여기서 '기심'은 '기회를 찾는 마음'이다. '물고기 잡을 기회를 노리는 바다 갈매기나 출세의 기회를 찾는 마음을 사람이 잊는다는 게 얼마나 어려운지를 말하였다.

강희안의 '제화시로 산수화에 쓰다'[題畵山水]가 있다. 강희안의 산수도가 남아 있지만, 현재 전하는 그 그림에는 시가 쓰여 있지 않으므로 그것은 이 시와 관련 있는 작품이 아니다.

　신선이 사는 산이 울창하고 높아

구름이 봉래산과 영주에 이어졌네

띠로 이은 정자는 바위밑에 숨어 있고

푸른 대나무는 처마를 두르고 있다.

고매한 사람이 녹기금을 연주하니

가는 솔바람과 어울려 맑아라

오랜 옛날의 노랫가락을 연주하니

초연히 오래 사는 법을 깨달았노라

산봉우리도 높고 가파르니

폭포수가 하늘에서 쏟아진다

천만 길 물을 뿜어 쏟아내니

바라볼 수는 있어도 가서 살 수는 없구나

나귀를 탄 저 사람은 누구인가

지척에서 머뭇거리며 걷고 있네

긴 휘파람에 한 번 머리를 돌리니

천지가 진실로 푸른 들판이로다

仙山鬱嵃嶢

雲氣連蓬瀛

茅亭隱巖下

綠竹繞簷楹

高人奏綠綺

細和松風清

彈成太古曲

超然吾長生

峯巒高崒嵂

飛泉瀉天渠

噴薄千萬丈

可望不可居

騎驢者誰子

咫尺行趑趄

長嘯一回首

天地眞蘧蒢

다음은 '가을날 초승달 그림에 쓰다'[題秋月初昇之圖]는 제목을 가진 신숙주의 시이다.

우물가 오동나무에 하루 저녁 가을바람 불어

구름 걷히고 맑은 하늘엔 둥근 달 외롭게 떠있어

물가의 마을 어느 곳에서 피리를 부는 것인가

거울 같은 호수에 가벼운 배를 대어 놓았구나

一夕秋風入井梧
雲收天淨月輪高
水村何處吹橫笛
應有輕舟艤鑑湖

한치의(1440~1473)는 한확韓確의 아들이자 성종의 생모인
인수왕비仁粹王妃의 친정 동생이다. 그는 세조 때부터 관료
로 나아가 높은 관직에 올랐으나 34세의 나이로 요절하였
다. 그가 젊은 날에 강희안으로부터 받은 산수도 병풍을 가
지고 가서 신숙주에게 글을 써주기를 부탁하였다. '한치의
산수 병풍에 쓰다'[題韓致義山水屛]는 작품은 이런 배경에서
이루어졌다.

늙은 소나무 울창해 산 색깔 푸르고
물가 마을 산사가 희미하게 보여
인재 강희안이 붓으로 한 떨기 가을을 그렸군
연성延城의 깊은 생각 누가 다시 거둘 것인가
고양 땅에서 노자가 한가로이 서로 마주하니

곧 인간이 9주를 고쳐 놓은 것을 알겠네

松檜森森嶽色蒼

水村山寺遠微茫

筆下仁齋一架秋

延城幽思更誰收

高陽老子閑相對

便覺人間更九州

연성延城은 중종반정에 앞장 선 연성군延城君 박원형朴元亨을 이른다.

뜰에 서풍 부니 하루 저녁에 가을

하늘 쓸쓸하니 저녁 구름 걷히네

반 폭 고려지의 시와 그림은

앉아서도 그윽한 신주神州의 흥취를 가득 채우네

庭下西風一夕秋

長空寥落暮雲收

半幅蠻牋詩與書

坐令幽興滿神州

위 시의 마지막 행에 있는 신주神州는 중국을 가리킨다.

서풍이 귀밑에 부니 기다리지 않아도 벌써 가을이고
호산에 돌아와도 흥취 정말 거두기 어렵구나
고인은 이미 흥취 있는 곳을 알고 있으니
무심코 학을 타고 양주로 가고 싶다고 했다네
不對西風鬢已秋
湖山歸興正難收
賴有故人知其在
無心乘鶴上楊州

　양주학楊州鶴과 관련된 이야기들이 조금 있다. 어떤 이는
양주자사가 되고 싶다고 하고, 어떤 이는 많은 재물을 얻기
를 원하고, 어떤 이는 학을 타고 하늘로 오르고 싶다고 했는
데, 이 말을 들은 어떤 사람이 '나는 허리에 십만 관의 돈을
두르고 학을 타고 양주로 날아가고 싶다'고 했다는 이야기가
있다.(『연감류함淵鑑類函』).

선조들의 여러가지 난초 그림들

다음은 난초 그림에 붙인 시로 강희안의 '난초 그림에 쓰다'[題畵蘭제화란]는 작품이다.

초나라 밭에 빛과 바람이 두루 미치니
고상한 난초 아름다운 잎 길기도 해라
사람들이 캐지 않는다고 싫어하지 마라
해 저무는 세모엔 홀로 꽃답고 향기로우니
楚畹光風遍
崇蘭奕葉長
莫嫌人不採
歲暮獨芬芳

시인은 난초의 원산지를 중국 남쪽 지방에 있었던 초나라로 보았던 것일까? 그것도 세모에 향기를 피우는 꽃으로 그리고 있다.

한편 성삼문成三問(1418~1456)은 '사우정이 소장한 청산백운도에 쓰다'[題四雨亭所藏靑山白雲圖제사우정소장청산백우도]

라는 제화시를 남겼다. 이 시는『근보집』1권에 실려 있다.

　십 년 실각해 홍진에 떨어져 있으니

　산중에 흰 구름 있는 걸 잊고 살다가

　갑자기 그림 보니 이게 꿈인가 싶어

　찬 꽃 서늘한 잎에 생각이 어지럽네

　十年失脚墮紅塵

　忘却山中有白雲

　忽見畵圖疑是夢

　冷花涼葉思紛紛

　사우정四雨亭은 조선 전기의 이씨 왕가 출신인 이식李湜
(1458~1488)의 호이다. 이식이 갖고 있던 청산백운도에 성삼
문이 써준 시이다.

　서거정은 인재 강희안의 그림에 가장 많은 제화시를 남긴
사람이다. 강희안의 그림 솜씨를 칭찬한 내용이『사가시집
四佳詩集』(권40)에 꽤 전하는데, 다음은 '이은대가 소장한 강
경우의 묵죽 2수에 쓰다'[題李銀臺所藏姜景愚墨竹 二首]라는
작품 가운데 첫 번째 시이다. 은대銀臺는 왕명의 출납을 맡

앞던 승정원承政院을 가리키는 말. 이씨 성의 승정원 직원인 '승지'가 소장한 묵죽화인데, 강희안(=강경우)이 그린 바로 그 그림에 써준 제화시라는 뜻.

일찍이 보았지만 청천이 묵화를 그릴 땐
삼매경의 붓끝에서 나는 용이 굼틀거렸지!
지금 이 그림에 있는 것도 예전 그대로네
서너 자 되는 옥같은 대나무 한두 가지가
曾見菁川戲墨時
筆端三昧動龍螭
如今畫裏依然是
數尺琅玕一兩枝.

역시 『사가시집四佳詩集』에 전하는 것으로, 강희안이 붓을 놀리면 용이 굼틀거리고, 그 실력 그대로 대나무를 그렸는데 실물과 너무 똑같다며 강희안의 빼어난 그림 실력을 칭찬하고 있다.

"강희안은 나이 두어 살 때부터 담장이나 벽에 손이 가는 대로 글씨나 그림을 그렸는데, 법에 맞지 않는 게 없었다. 시와 글씨, 그림을 다 잘하였다. 혹여라도 자신의 그림을 구하려는 자가 있으면 '글과 그림은 천한 기술이므로 후세에 전해지면 이름에 욕이 될 뿐이다.'라고 하면서 글씨와 그림을 모두 감추고 세상에 내놓지 않았다."

이와 함께 신상 댁에서 소장한 강경우의 그림 12폭(姜景愚畫十二圖, 申相宅所藏)이라는 제목으로 수록된 12편의 제화시는 주로 경치를 설명하고 있다. 열두 폭 병풍 그림 중 첫 번째 작품이 동정추월洞庭秋月이란 시이고, 두 번째 그림은 춘일간비春日看碑이다. 그중 춘일간비를 본다.

일찍이 소년 시절 산사에서 글을 읽을 때
옛날 비석의 유부사를 손으로 문질렀었지
갑자기 그림을 보니 아마 이건 꿈이겠지?
온 산 가득 꽃과 새가 옛날 그대로인데
少年山寺讀書時
古碣摩挲幼婦辭
忽見畫圖疑是夢

滿山花鳥故依依

첫 병풍 동정추월은 글자 그대로 '동정호의 가을달'이니 가을 그림이다. '춘일간비'는 절간 주변의 봄날을 그렸다. 서거정은 강경우의 '춘일간비'(春日看碑, =봄날 비석을 보다)라는 그림을 보면서 그 자신이 어린 시절, 절에 들어가 공부하다가 옛날에 세운 비석을 문지르며 감상하던 일을 떠올리고 있다. 바로 그 시절을 회상하면서 온 산에 가득한 꽃과 새들을 꿈에서 보는 것처럼 황홀한 느낌을 갖게 되었다고 설명하고 있다.

그리고 '최언보가 소장한 강경우의 청산백우도에 쓰다'(題崔彦甫所藏姜景愚青山白雲圖)라는 시는 최언보가 갖고 있는 강희안의 청산백운도에 서거정이 써넣은 것이다. 5언율시의 이 시만으로도 청산의 경치가 잘 그려져 있음을 알게 된다.

산은 푸른데 몇 백 리나 되는지
흰 구름은 천만 겹이나 둘렀네
오래된 절집은 신기루처럼 아련해
짙은 수목 빛이 희미하기도 한데

나그네와 손을 잡고 가야 하리라

스님과 약속하고 만나 볼까 싶어

잊고 있던 강남의 경치 떠오르네

해마다 찾아오는 시름이 날 죽이네

山靑幾百里

雲白千萬重

隱映招提古

稀微樹木濃

也須携客去

準擬約僧逢

却憶江南景

年年愁殺儂

　　최언보는 조선 초기의 문신 최한경崔漢卿이라는 인물을
가리킨다. 그의 약관 이전 이름이 언보彦甫이다. 1444년(세종
26) 식년문과의 병과에 급제하였다. 나중에 이조참의와 대사
성이란 높은 관직을 지냈다. 서거정과는 세조 때 함께 벼슬
하였다. 이 제화시를 바탕으로 누군가 강희안의 청산백운도
를 다시 복원해보면 어떨까?

서거정의 제경우화죽題景愚畫竹이란 시는 대나무 그림에 대한 설명이다. '강경우의 대나무 그림에 쓰다'란 시인데, 경우는 강희안의 호. 여기서도 강희안의 그림 솜씨를 읽을 수 있다.

한양도성엔 한 치의 땅이 황금보다 귀해서
푸른 대나무 그늘을 이룰 땅이 없었는데
우연히 그림 속 대나무를 한 번 보고는
정과 흥취에 끌려서 강남땅에 이르렀네
京中寸地貴於金
無地容成綠竹陰
偶向畫中時一見
故牽情興到江南

한양도성에서는 구경할 수 없는 대나무숲이라고 운을 뗀 뒤, 대나무 그림 속의 풍경은 중국 양자강 이남의 강남땅이라고 과장하였다.

강희맹은 '인재의 대나무 그림에 2수를 쓰다'(書仁齋畫竹 二首)라는 시를 남겼다. 이 시는 강희맹의 『사숙재집私淑齋集』

에 실린 것으로, 그 첫 번째 작품은 형 강희안이 그린 대나무 그림을 보고 대나무의 정절에 대해 읊은 것이다. 날씨가 추워져도 잎이 시들거나 색이 변하지 않고, 지조를 굽히지 않는 대나무의 절개를 노래하였다.

천둥소리에 놀라 겨울잠에서 깨어
곧게 뻗은 대는 죽순을 껴안고 있네
추운 겨울에도 지조를 지켰으니
봄 바람에게 물을 필요가 없다네
疾雷驚冬蟄
脩篁抱籜龍
歲寒方有操
不必問東風

날이 더워지면서 대나무밭에 죽순이 듬성듬성 돋아오른다. 그 죽순이 겨울을 꿋꿋이 지킨 것만으로도 지조를 알 수 있으니 굳이 그것을 봄 바람에게 물어볼 필요가 없다는 말이다.

한편 다음 신숙주의 시는 사강경우화매겸혜도謝姜景愚畫

梅兼惠桃라는 작품 가운데 첫 번째 시이다. 여기서 신숙주는 매화의 고매한 품격을 설명한다.

한 해의 정과 회포를 한나절에 다 쏟아내었으니
한바탕 고상한 얘기가 마치 꿈속 일인가 놀랍다
무더위 속에 핀 하얀 꽃, 신묘한 일임을 알겠네
마주하면 매화의 맑은 자태 뼈에 사무치게 하네
隔歲情懷半日傾
一場高話夢猶驚
炎中雪蕚知神手
相對令人徹骨淸

신숙주의 『보한재집保閑齋集』(권5)에 실린 것으로, 그 제목이 알려주듯이 강희안이 매화와 난초·복숭아 그림을 준 것에 감사하여 지은(謝姜景愚畫梅兼惠桃) 시이다.

또, '강경우 그림 8수에 쓰다'(題姜景愚畫 八首)는 여덟 수의 시 가운데 매화를 읊은 것이 있다. 그래서 제목이 梅(매)인데, 역시 매화의 지조를 칭송하였다.(『사가시집四佳詩集』).

빙설 같은 정신에 철석같은 심장이어서
천고에 매형을 알아주는 이가 드물다네
서호는 이미 멀어졌고 방옹은 떠났으니
남쪽 창을 마주하고 나 홀로 읊조리노라
氷雪精神鐵石心
梅兄千古少知音
西湖已遠放翁逝
相對南窓我獨吟

매화를 빙설 같은 정신에 쇠와 돌처럼 굳고 냉정한 마음을
갖고 있다고 하였다. 차갑고 고매한 모습으로 그린 그림인
데, 서호西湖에 은거하며 매화를 사랑한 임포林逋도, 방옹放
翁 육유陸游도 저세상 사람이 되었으니 이제 매화의 지조와
정절을 천고에 알아주는 이가 별로 없다고 시인은 한탄한다.
남쪽 창 앞에 피어 있는 매화를 대하고 홀로 읊조리는 까닭
도 거기에 있다.

강희맹이 형 강희안의 매화 그림을 보고 이런 설명을 붙였
다지만, 정녕 하고자 한 말은 매화 예찬이다. 매화를 형님으
로 모시는 마음에 매형梅兄이라고 부르고 있는 점도 특이하

다. 매화가 사군자의 하나이니 말하자면 매군자이다. 군자를 형님으로 불렀으니 자신도 군자와 동급이란 뜻이겠다.

제강경우화 8수題姜景愚畫八首란 병풍 그림 여덟 수의 제화시 가운데 난초에 관한 것도 있다. '蘭(란)'이란 시가 그것인데, 여기서도 시인은 난초의 지조를 높이 평가하고 있다.

육안으로 국화의 향기를 가져갈 사람 없으니
사람들이 널 따지 않는다고 어찌 마음 상하랴!
모란은 이미 죽어 사라지고 장미마저 늙었으니
너를 버리고 누구를 곁에 가까이에 두겠느냐?
肉眼無人採國香
雖不採汝何傷人
牧丹己死薔薇老
捨汝誰能近坐傍

향기가 제일 좋다 하는 난초이지만 누가 그 향기를 눈으로 품어갈 수 있겠는가? 모란도 장미도 모두 시든 뒤에 피는 난초꽃은 비록 화려하지는 않으나 그 향기는 뒤지지 않으니, 사람들이 난초의 향기를 알아주지 않는다고 난초가 마음 아

파할 일은 아니라고 보는 것이다. 모란이 진 뒤에는 가까이
두고 감상할 것이 난초밖에 없다고 시인은 말한다.

난초 그림에 쓴 제화시로서 자하紫霞 신위申緯(1769~1845)
의 시가 있다. '제금성여사운향화란題錦城女史芸香畫蘭'인
데, 이것은 '금성에 사는 어느 여사의 난초 그림에 쓴 시'라
는 뜻이다. 계묘년(1783)에 지금의 나주 어느 고을에 사는 여
인의 난초 그림에 써준 것이다.

사람을 그리는 데 한을 그리기 어렵고
난초를 그리는 데 향기를 그리기 어려워
향기를 그리고 한도 함께 그렸으니
그림 그리면서 그대의 애간장도 끊겼겠지
畵人難畵恨
畵蘭難畵香
畵香兼畵恨
應斷畵時腸

신위는 조선 정조~순조 연간에 살았던 시인이자 화가였다.
창강滄江 김택영金澤榮(1850~1927)의 평가에 의하면 '시가 가

장 높았고, 그 다음으로 그림을 잘 그렸다. 대나무 그림도 잘 그렸으며 글씨는 그 다음'이라고 하였다. 44세 때인 순조 12 년(1812) 주청사奏請使 서장관書狀官으로 청나라 연경燕京에 다녀왔다. 그보다 먼저 완당阮堂 김정희(1786~1856)가 연경에 가서 청나라 옹담계翁覃溪(옹방강의 호)로부터 서법을 배운 적이 있는데, 그때 옹방강翁方纲(1733~1818)에게 신위의 시를 소개한 일이 있다. 완당은 신위보다 18살이나 연하였다. 후일 신위가 연경에 갔을 때 신위를 만난 옹방강 부자는 그의 시적 재능을 칭찬하였다. 순조 때 신위는 강화유수, 도승지를 거쳐 참판에 이르렀다. 헌종 11년(1845) 77세로 한양 장흥방長興坊에서 세상을 떴다. 장흥방은 서울 중구 회현동의 동쪽 끝에 있던 마을로, 남산 북편 끝자락에 해당하는 곳이다.

이병연李秉淵(1671~1751)도 조선 후기의 시인으로서 꽤 이름이 있다. 그는 살아생전에 3만여 수나 되는 시를 지었다고 한다. 그러나 현재 그의 문집 『사천시초槎川詩抄』에 전해오는 시는 별로 많지 않다. 사천槎川 이병연은 삼연三淵 김창흡金昌翕과 함께 18세기 영조 시대에 활동한 문인으로, 겸재 정선(1676~1759년)과도 깊은 관계를 가졌다. 시인 이병연이 화가 정선과 함께 만든 콜라보 작품으로 『경교명승첩京郊名

勝帖』이라는 그림이 전한다. '경교'는 서울 근교라는 뜻.『경교명승첩』은 상하 2권으로 된 화첩으로서 한강 일대의 명승을 정선이 그린 그림. 모두 25첩으로 구성되어 있다. 상권에 19폭, 하권에 6폭이 실려 있으나 전해지는 과정에서 순서가 바뀌고 정선이 그린 그림을 나중에 보탠 것도 섞여 있어서 본래 정선이 구성했을 당시의 모습과는 다르다. 이 그림에 이병연이 붙인 제화시가 있다. 1740년, 경기도 양천의 현령으로 부임해가는 65세의 정선을 이병연이 전송하였는데, 그 당시 이병연은 70세의 노인이었다.『경교명승첩』은 서울 근교의 뛰어난 절경을 두 사람이 시와 그림으로 이루어낸 것인데, 이것을『시화상간첩詩畵相看帖』이라는 이름으로 부르기도 한다. 시와 그림을 함께 보는 책이라는 의미이다. 이 '경교명승첩'의 첫머리에 이병연이 정선에게 보낸 글이 실려 있어 읽는 재미가 있다.

내 시와 그대의 그림을 서로 바꿔서 보는데
경중을 어찌 말로 할 수 있고, 값을 논하겠는가
시는 마음에서 나오고 그림은 손으로 그리는 것
무엇이 쉽고 무엇이 어려운지 알 수 없다네

我詩君畫換相看
輕重何言論價間
詩出肝腸畫揮手
不知雖易更雖難

그림첩의 첫머리에 적어넣은 글이니 이 글로 말미암아 근
교명승첩을 보는 이들은 자연스레 글과 그림을 눈여겨볼 수
밖에 없다.

다음은 복사꽃과 관련하여 행주산성 앞의 한강에 봄마다
올라오는 미수개미 즉, 웅어에 관한 행호관어杏湖觀漁라는
작품이다. '행호관어'는 '행호에서 고기잡이하는 것을 보다'
는 뜻. 비단에 채색으로 그린 그림인데 크기는 29.2×23.0cm
이다.(간송미술관 소장)

늦봄에는 복어국
초여름엔 웅어회
복사꽃 필 무렵 물결이 불어
행호 밖으로 뛰어서 그물을 벗어나네
春晩河豚羹

夏初葦魚膾
桃花作漲來
網逸杳湖外

　여기서 잠깐 행호에 관한 보충 설명이 있어야 할 것 같다. 행호杳湖는 지금의 고양시 행주산성 앞 한강에 마치 호수처럼 깊은 만灣을 이루고 있는 곳이었다. 긴 모래톱 위에 갈대밭으로 에워싸인 곳이었는데, 양력 4월 복사꽃 필 무렵엔 황복, 5월엔 웅어가 올라와 어부들의 고기잡이가 성행하였다. 맛 좋은 웅어를 임금에게 진상하기 위해 조선 시대에는 궁궐에 소용되는 물건을 출납하는 일을 맡은 사옹원의 현장출장소 격인 위어소葦魚所까지 행주산성 동네에 설치되어 있었다. 위어소는 행주산성 주변 사람들이 통상 '관청너머'란 이름으로 부르던 곳에 있었다. 위어葦魚는 웅어의 다른 이름. 葦(위)는 갈대이다. 갈잎을 닮은 물고기여서 위어라 하였는데, 여기서 '웅어'라는 이름이 나왔다.
　또, 복어를 하돈河豚이라고 했는데, 하돈은 임진강이나 한강으로 거슬러 오르는 봄철의 황복을 이른다. 복사꽃 필 무렵에 황복이 강을 올라오므로 미각을 돋우는 황복의 계절을

'복사꽃 필 무렵'으로 제시한 것이다. 그런데 이 시는 이병연의 『사천시초槎川詩抄』나 『사천시선비槎川詩選批』에는 실려 있지 않다.

서화로 이름을 널리 알린 근세의 인물로는 흥선대원군興宣大院君 이하응李昰應(1820~1898)과 추사 김정희가 있다. 흥선대원군이 자신의 그림에 화제를 쓴 것으로서 몇 점의 묵란도가 전해지고 있는데, 그중 한 편에는 이런 글이 있다.

"착한 사람과 함께 있는 것은 지초와 난초가 있는 방에 들어
가는 것과 같다."(與善人居如入芝蘭之室)

지초[芝]와 난초[蘭]는 덕과 행실이 높고 고상한 사람을 일컬으며, 지란芝蘭은 좋은 사람끼리의 사귐과 우정을 말한다. 지초와 난초의 사귐, 즉 좋은 친구와의 사귐을 뜻하는 지란지교芝蘭之交를 말한 것이다. 좋은 친구는 향기로움 뿐이겠는가. 캄캄한 밤 등불 같은 존재이다.

반면 파리 모기떼나 빈대와 같은 친구가 있을 수 있고, 이리 승냥이 같은 친구도 있을 수 있다. 엄밀히 말하면 그런 자들은 친구가 아니라 알아서는 안 되었을 부류이다. 짧은 인생인데 좋지 않은 인성과 품성을 가진 자들이 주변에 있다면 빨리 청산해야 신상에 좋다. 누구나 다 아는 일이지만, 좋지 않은 이들과 엮이면 알면서도 헤어나기 어렵다. 우선 내가 나를 잘 가꿔야 주변에 좋은 이들이 생긴다. 한 번 사는 인생인데, 사람마다 경멸하는 하찮은 인생이 되어서야 되겠는가.

그러나 『노자老子』에는 "착한 사람은 착하지 않은 사람의 스승이다. 착하지 않은 사람은 착한 사람의 자산이다."라는 내용이 있다. 그 이면을 보면 착하지 않은 사람이 세상에 더 많다는 뜻도 갖고 있음을 알 수 있다.

청나라의 시인이자 화가 판교板橋 정섭鄭燮(1693~1765)의 분란(盆蘭)이란 시가 있다. 화분에 담은 난초를 읊은 시이다.

봄꽃이 지기 전에 여름꽃이 피고

세상일 사람 재촉하여 가만 안 두네

피고 지는 일은 모두 화분 속의 일

몇 번을 뽑고 몇 번을 다시 심는가

春蘭未了夏蘭開

萬事催人莫要呆

閱盡榮枯是盆盎

幾回拔去幾回栽

홍선대원군의 또 다른 묵란도에는 다음과 같은 글귀가 있다.

"우리 집 난蘭과 혜蕙는 쑥보다 많아서 미친 듯이 벽에 칠하고 어지러이 발라도 되네. 겨우 말을 배우는 어린애조차 붓을 거꾸로 쥐고 봄바람을 그릴 수 있다네."(吾家蘭蕙賤於蓬 狂塗亂抹心壁中 可笑兒孫纔學語 倒豪猶解寫春風)

천진난만한 어린아이의 눈으로 봄바람에 향기를 뿌리며 잎을 나부끼고 있는 난초를 그렸다는 말일 것이다. 홍선대원군은 음악도 꽤 좋아했고 그림도 좋아했으며, 조선 말의 인물로서 난초를 치는 데는 그를 따를 사람이 별로 없었다.

아울러 추사 김정희에게도 꽤 많은 시화 작품이 있지만, 그중에서 그의 『난맹첩蘭盟帖』은 꽤 얘깃거리가 되고 있다. 상하 두 권으로 된 이 화첩에는 20편이 안 되는 난초 그림이 실려 있는데, 먼저 상권 첫머리엔 '온 산에 눈이 쌓인 그림'이라 하여 '적설만산도積雪滿山圖'가 있는데, 거기에는 이런 화제가 쓰여 있다.

"온 산에 눈이 쌓이고 강의 얼음은 난간을 이루었다. 손가락 끝에 봄바람이 이니 금세 천심天心을 본다."(積雪滿山 江水 欄干 指下春風 乃見天心)

그가 말한 천심은 곧 춘심이었다. 아직 강에는 얼음이 얼고 산에는 눈이 쌓인 추운 겨울이다. 눈 속에서도 잎을 피워 올리기 시작한 난초에 대한 설명으로서 난초를 천심으로 표현한 것이다. 하늘은 난초를 통해 계절의 순행을 미리 알리고 있다는 뜻이다.

그리고 이슬이 짙게 내린 춘란을 그린 춘농로중도春濃露重圖에는 "봄이 짙어 이슬 더하니 땅이 따뜻해져서 풀이 난다. 산 깊고 하루해는 긴데 사람에게 조용히 향기 스미네."(春濃露重地暖草生山深日長人靜香透)라고 하였다. 눈과 얼음이 녹고 햇볕이 따사로워지면서 땅도 녹고, 일교차가 커지는 시기라서 안개도 자주 끼고 이슬이 짙게 내려 난초 이파리를 무겁게 내리누르는 시기임을 설명하고 있다. 요즘엔 차가운 날이 풀리자마자 맞게 되는 벚꽃이 도처에 흔하다 보니 상대적으로 난초는 우리 곁에서 한결 멀어진 듯하여 아쉽다.

　『난맹첩』의 인천안목도人天眼目圖란 난초 그림에는 "사람과 하늘의 눈 뜻하는 대로 길하고 상서롭기를!"(人天眼目 吉祥如意)이라는 주문을 써넣으며 난초를 사람과 하늘의 눈으로 본 시각이 독특하다.

　상권의 맨 마지막 작품에는 염화취실도斂華就實圖라는 제목이 주어졌다. 염화취실은 '꽃을 거두고 열매로 나아간다 (이룬다)'는 뜻.

　"이것은 마지막 폭 그림이다. 새로운 방법으로 그리지 않았고, 기이한 품격으로 그리지도 않았다. 이런 까닭에 꽃을 거두고 열매를 이룰 것이다. 거사가 그려서 명훈에게 주다."(此爲終幅也 不作新法 不作奇格 所以斂華就實 居士寫贈茗薰)

　난초를 생긴 그대로 그렸지, 특이한 방법이나 별난 모습으로 그린 것이 아니라는 뜻이다. 추운 계절로부터 봄을 맞아 난초가 꽃을 피운 뒤, 다시 열매를 맺기까지의 시간 변화에 따라 난초를 다양한 모습으로 그린 것이다. '거사'는 이 그림을 그린 완당 자신을 이른다.

한편 『난맹첩蘭盟帖』 하권의 첫머리에는 '어제 천녀가 왔다'는 뜻의 제목으로 된 작래천녀도昨來天女圖를 배치하였다.

"어제 낮 천녀가 구름 낀 산봉우리에 내려왔다. 띠를 두른 꽃가지 푸른 하늘에 뿌리니 세상의 모든 뿌리와 잎들이 어찌 그 가운데 안온하게 있을까.(昨日天女下雪峰 帶花得枝灑碧空 世上凡根與凡葉 豈能安頓在其中)"

이것은 본래 청나라의 화가 판교板橋 정섭鄭燮(1693~1765)의 시이다. 추사 김정희는 그 시를 그림에 적어 넣었다. 여기서 추사는 난초 꽃을 천상의 여인 천녀天女로 표현하였는데, 그것은 상권의 설봉천녀도雪峰天女圖에서 전하려 한 의미와 같다. 그런데 이와 달리 하권에는 군자독전도君子獨全圖, 국향군자도國香君子圖라고 하는 난초 그림을 배치하였다. 추사는 난초를 군자로 설명하고 있다. 난초를 천녀(선녀), 군자, 천심 등과 같은 어휘들로 정의하면서, 이렇게 넘기는 페이지마다 난향蘭香 가득가득 풍기는 그림을 그리고 시를 쓴 이유는 무엇일까? 매화와 국화, 대나무와 함께 난초는 겨울 추위에도 변하지 않는다. 사철 푸른 잎이 시들지 않고 봄을 맞아 난향을 널리 피운다. 그러므로 옛사람들은 난초를 세파에 굳건히 견디면서도 온화한 품격을 잃지 않는 성인과 같은 존재로 인식하고, 그와 같은 품성을 닮아야 하리라는 다짐을 마음에 새겼다. 설령 날마다 난향 물씬 품은 실물을 가까이 두고 살지는 못할지라도 '난을 치고 시화'로써 마음을 다듬고 정신을 수양하였던 것이다.

　옛사람들은 그들이 표현한 대상을 닮고자 늘 노력하였다. 매란국죽梅蘭菊竹만이 아니라 사람이 깊이 배울만한 점이 있으면 어느 것이나 그것을 마음에 그리며 그와 똑같이 이루어지길 바랐다. 무엇이든 하고 싶은 일을 마음에 그리면서 그것이 이루어질 수 있도록 차근차근 실행한다면 이루어지지 않을 것은 없다.

　그러면 문인과 지식인들은 왜 이와 같이 시를 짓고 그림을 그리며, 시와 그림을 가까이 두고 살기를 즐겨하였을까? 거기에는 여러 가지 의미가 있었으니 그것을 정리하면 대략 서너 가지가 된다. 그중에서 가장 일차적인 목적은 고운 것과 달콤한 향기를 즐김으로써 정신을 행복하게 한다는 데 있다.

　이런 행위는 '마음을 위로하며 즐겁게 한다'는 데 목적을

둔 것이니, 그것을 좀 어려운 말로 줄여서 이신怡神이라 한
다. 우리의 정신을 즐겁게 한다는 뜻이다. 진경산수眞景山水
즉, 실경산수實景山水를 그려 두는 것도 그림을 읽으면서 실
제 산을 보는 듯한 느낌을 갖기 위해서였다. 그것을 고상한
말로 독화사간산讀畵似看山이라 하였다. '그림을 읽으면 실
제 산을 보는 듯하다'는 뜻이다.

다음은 정신수양에 관한 것이다. 아름다움과 향기로써 우
리를 즐겁게 하는 꽃의 본질은 베푸는 데 있다며 그것을 예
로부터 인仁으로 인식하였다. 그리하여 꽃으로부터 인의仁
義를 배운다는 자세를 갖고 있었고, 지식인들은 '스스로 인
의를 이룬다' 하여 인의자성仁義自成이라는 관념을 마음에
심고 살았다. '인의를 스스로 이룬다' 함은 곧 사람의 수양에
관한 말이다. 다른 말로 '시화신양'이라고 해도 되겠다.

"시를 짓고 그림 그리는 일로 새롭게 정신수양을 한다."(詩畫
新養)

좋은 시를 읊으면서 느끼는 향기[吟香음향] 또한 꽃을 보면
서 느끼는 향기와 즐거움에 못지않으므로 '독화'(讀畵, 그림을

읽다)는 곧 정신수양의 한 가지 방편이었던 것이다.

결국 이러한 모든 것들은 한 번 사는 인생 즐겁게 살자는 데 있다. 조선 숙종 때 주의직朱義植이란 인물은 인생 즐겁게 살아야 한다는 뜻에서 인생행락이(人生行樂耳)라는 시를 지었으니 그것이 신위申緯(1769~1845)의 『자하시집』에 전하고 있다.

한 번 가면 인생 다시 오지 않아
이 생에 이 몸은 몇이나 가졌나?
꿈처럼 빌어온 덧없는 인생인데
구차히 굴면 멋진 인생 살 수 있나
一度人生還再否
此身能有幾多身
借來若夢浮生世
可作區區做活人

결국 천국과 지옥이 따로 있는 게 아니다. 이승이란 곳이 즐거우면 천국, 괴로우면 그게 바로 지옥 아닌가.

위대한 시인들의 사랑과 꽃과 시 ❹

왜 사는가, 묻노라!

지은이 | 서동인

펴낸이 | 최병식

펴낸날 | 2025년 1월 20일

펴낸곳 | 주류성출판사

주소 | 서울특별시 서초구 강남대로 435 주류성빌딩 15층

전화 | 02-3481-1024(대표전화) 팩스 | 02-3482-0656

홈페이지 | www.juluesung.co.kr

값 21,000원

잘못된 책은 교환해 드립니다.

ISBN 978-89-6246-551-8 04810

    978-89-6246-547-1 04810(세트)